目次
contents

第1章　令嬢の手袋……7
第2章　精液まみれの令嬢……41
第3章　羞恥と快感の狭間……60
第4章　屈辱の先の甘美な快楽……84
第5章　お嬢様はヌルヌルがお好き……124
第6章　泡まみれの性交……157
第7章　美しき肉食獣……178
第8章　身も心も……213
第9章　永遠の愛……239

わがまま令嬢の悪戯 僕は性のご奉仕係

第一章　令嬢の手袋

1

うららかな陽気が心地よい、四月の春の午後。

世田谷《せたがや》の一等地に建つ豪邸の広大な中庭に、深いワインレッドのボウタイブラウスと黒のタイトスカートに身を包んだ美女が、そよ風に長い黒髪をなびかせて優雅にたたずんでいる。

手入れの行きとどいたフレンチガーデンに咲く赤や桃色の薔薇《ばら》をけだるげな表情で一瞥《いちべつ》した令嬢は、溜息《ためいき》とともに白いバルコニーチェアへ腰を下ろした。

すると脇に控えている青年が、テーブルへアフタヌーンティーのセットを並べてゆく。

「紗良《さら》お嬢様、紅茶をお持ちしました。本日はダージリンでございます」

青年、向井直人《むかいなおと》がカップへ湯気の立つ紅茶を注ぐと、たおやかな手を白い上質な絹手袋で包んだ令嬢、姫島《ひめじま》紗良は、洗練された所作で取っ手に指をかける。

真紅のルージュが引かれたツンととがった唇が薄く開き、透きとおった温かな液体が流れこむと、ほうっと悩ましい吐息が漏れる。

二十歳の青年は失礼にならぬよう前を向いたまま、視線だけをひとつ年上である令嬢の口もとへ移す。

微《かす》かに濡れて照り輝くプルリとみずみずしい唇をこっそりと盗み見ると、いけないと思いつつも胸がときめいた。

「ふう……。ようやく気分が晴れたわ。まったく、退屈な時間だったわね」

切れ長の目をつまらなさそうに細めて溜息を漏らす令嬢に、直人は控えめにたしなめる。

「お嬢様、そのようなことをおっしゃられては……。先方は氷上《ひかみ》製薬の御曹司《おんぞうし》なのですから」

「なによ。本当のことでしょう。この私を、自分を飾るアクセサリーにするつもりの不躾《ぶしつけ》な男……。あんなヤツの妻になるだなんて、虫唾《むしず》が走るわ」

ワガママ令嬢は不快そうに鼻を鳴らし、はしたなくも不満げに頰をふくらませる。

紗良は午前中に、数多《あまた》いる許婚《いいなずけ》候補の一人である巨大製薬会社の御曹司との会食に出向いた。

しかし、だらだらと長ったらしい自慢話の数々を聞かされて早々に飽きが来たのか、さっさと席を立ってしまったのだ。

紗良の世話係を任されている直人は主人に代わって必死で先方に頭を下げると、黒塗りのリムジンを運転してワガママ令嬢を屋敷へと連れ戻ったのだった。

たしかに大学卒業を翌年に控えた二十一歳という紗良の年齢を考えれば、今の時代において結婚にはまだ早いとは言える。

かといって先方の機嫌を大きく損ねる断り方をしてしまっては、大ごとになってしまわないかと、小市民の直人は気が気ではなかった。

「本当によろしいのですか。先方の顔に泥を塗ったことが大奥様の耳に入れば、叱られてしまうのでは……」

HIMEJIMAは、世界を股にかけるファッションデザイナーである紗良の祖母、姫島志乃《しの》が一代で築きあげた、超有名ブランドだ。

紗良の祖父は婿養子《むこようし》であり、志乃の無名時代からサポートに尽力した人物で、会社の実権は志乃がすべて握っていると言ってよい。

そんな女傑の機嫌を損ねてはどんな叱責を受けるのかと心配でならぬ直人だが、主人である令嬢はまるで意に介していない。

「いいのよ。私の人生は私が決めるの。私はまだ結婚なんてするつもりはないわ。くだらない男にかしずいて一生を終えるだなんて、まっぴらごめんよ。おばあさまを超えるデザイナーとして、私だけの力で世に羽ばたいてみせるのだから」

紗良もまた、気位の高さは祖母譲りだ。

自身のファッションブランドを立ちあげる夢を抱く野心家の令嬢は、そう力強く言い放つと、カップに残っていた琥珀《こはく》色の液体をクイと一気に飲みほす。

そして直人を下からジロリと睨《にら》みつけ、空になったカップの縁を絹手袋に覆われた指先でトントンと苛立《いらだ》たしげにたたいた。

「ところで、アナタはいつまでくだらない話を続けるつもりなのかしら。気分が悪いわ。さっさとお茶のお代わりを注いでちょうだい」

「も、申し訳ございません。ただいまお注ぎいたします」

不快そうに表情を歪《ゆが》めた令嬢の威圧感に怯《ひる》み、慌てて謝罪した。

一使用人として出すぎたまねだったと反省し、ティーポットからカップへ新たな紅茶を注いでゆく。

「フフン。そうよ。男なんて、黙って私の言うことを聞いていればいいの。主人は私なのだから」

従順な姿勢を見せる青年に、紗良は腕組みをして手の甲へ優雅に顎を乗せ、満足げに微笑《ほほえ》んだ。

温かな琥珀色の液体が心地よく喉を流れ落ちてゆくことでいくらか機嫌が直ったのか、紗良は目を細め、上機嫌で紅茶を愉《たの》しんでいる。

直人は若き女主人の癇癪《かんしゃく》が鎮まったことに安堵《あんど》し、後ろに一歩退《ひ》いた位置から彼女の横顔を、胸を熱くしてそっと見つめていた。

自らの美貌に絶対の自信を抱く、常に高慢な微笑を浮かべている令嬢は、通っている大学のミスキャンパスにも選ばれた経験のあるモデル顔負けの美女だ。

百六十センチ後半の長身を誇るスラリと手足の長い肢体は、腰は大きくくびれつつも出るところは出た均整の取れたプロポーションを誇り、見る者の目を釘《くぎ》づけにする。

彼女がデザイナーとして独り立ちした際には、紗良自身がモデルを務めることが最大の広告となるのは間違いないであろう。

そして最も直人の目を惹《ひ》きつけてやまないのは、高貴な令嬢のたおやかな手をふわりと包みこむ、最上級のシルクで編まれた特別製の白い手袋だった。

裾部分にレースをあしらわれたその手袋は、紗良自身がデザインしたこだわりの一品だ。

令嬢は潔癖症の気があるのか、透きとおるような白い肌を誇りながらも、手もとは常に手袋で覆い隠している。

本日の会食で臍《へそ》を曲げたのも、その事実を知らずに手袋をはずすよう促した御曹司に対し、プライドを傷つけられて激昂《げきこう》したせいであった。

(口を閉じていれば、本当に絶世の美女なのだけれど)

紗良が紅茶を愉しんでいる時間だけはワガママに振りまわされることもないため、直人は脳内で失礼な感想を抱きながら、女主人に羨望の眼差《まなざ》しを送りつづける。

すると紗良が、白手袋を嵌《は》めたまま手にしたフォークで季節のフルーツタルトを口へと運び、ピクリと片方の眉を動かした。

「今日は酸味の強い果実の気分ではないわ。濃厚なショコラはないの？」

「申し訳ございません。あいにくと本日はこちらのケーキしかご用意が……」

「フン。まったく、何年私に仕えているのよ。気の利かない男ね。なら、お茶のお代わりをよこしなさい」

本日のスイーツは彼女自身が昨日オーダーした好物だったのだが、なにが気にくわなかったのか、急に機嫌を損ねて理不尽な叱責を浴びせてくる。

そうして従順な青年執事を困らせることで、ワガママ令嬢はストレスを解消している節があった。

直人は一瞬奥歯を嚙《か》みしめるも、悔しさを顔には出さず、再びティーポットからカップへ紅茶を注ぐ。

だが内心の揺らぎは抑えきれなかったか、琥珀色の液体がいつもより勢いよくカップの底に当たり、ピチャッと大きく跳ねる。

カップの外まで飛び散った滴は、せっかちに取っ手を摘まんでいた紗良の指へと付着し、ほんの小さな染みを作った。

「直人！　いったいなにをやっているの！　私の大切な手袋を穢《けが》すだなんてっ」

愛用の手袋を汚された紗良は、かつてないほどの怒気をはらんだ声をあげ、チェアから立ちあがり、直人を鋭く睨みつけた。

「も、申し訳ございません、紗良お嬢様。ああ、僕はなんということを……」

直人は慌てて紗良の前にひざまずき、頭を垂れる。

紗良は直人の顎に指をかけると、クイとしゃくって上を向かせ、ピシリと平手で頬を打った。

痛み自体は大したことはないが、屈辱的な仕打ちを受けてブルブルと背すじが震える。

しかし湧きあがる恥辱以上に、肌に触れた上質の絹のすべらかな感触に、ゾワゾワとえもいわれぬ快美感がひろがった。

恥辱と興奮が入り混じった不可思議な感覚に襲われ、直人はまっすぐに令嬢を見つめ返すことができず、視線を落とす。

すると紗良が、うっすらと手袋に染みのひろがった手の甲を直人の口もとへグイと突きつけた。

「この役立たず。行き場のないアナタをお情けで執事として雇ってやっているというのに、まともに仕えることもできないのね……。なら、これからは犬として飼ってあげることにするわ。さあ、舐《な》めてきれいにしなさい」

飼い犬扱いされて、カァッと頭に血が昇る。

しかしこみあげる屈辱感以上に、眼前に突きつけられた令嬢のたおやかな手と、その手を覆う最上級のなめらかな布地に目を奪われてしまう。

直人はゴクリと唾を飲むと、緊張に震える両手を令嬢の手にそろそろと伸ばし、小さく舌を垂らす。

「し、失礼いたします……」

いつか触れることがかなうならと淡い期待を抱いたことはあったが、思わぬかたちでその機会が訪れ、興奮にギュッと両目を閉じる。

熱く湿った吐息が絹の表面を撫《な》でる。

濡れた舌先が、ひろがった染みへゆっくりと近づいてゆく。

だが青年が憧れの令嬢の御手《おて》を舐めあげようとしたその瞬間、無防備な額にピシッと軽い衝撃が走った。

直人の舌が触れる寸前、紗良は手を引っこめ、指先で青年の額をはじいたのだ。

「ううっ。お、お嬢様……？」

「アハッ。本当に舐めようとするだなんて、情けない男ね。アナタのみっともない姿を見ていたら、少しだけスッキリしたわ。……そうよ。男なんて、女にかしずいているのがお似合いの生きものなのよ。私に許婚なんて必要ないわ」

事態を呑《の》みこめず呆然《ぼうぜん》とする直人を見下ろし、紗良はニヤリと意地の悪い笑みを浮かべる。

そして染みのついた手袋を直人の目の前でシュルシュルとはずしてゆくと、ひざまずく青年の顔に向けてヒョイと放った。

「それは処分しておきなさい。アナタの粗相は、お給金から手袋の代金を天引きすることで帳消しにしてあげる。寛大な主人に感謝することね。アハハハッ」

紗良はシルクのハンカチで微かに濡れた手の甲を拭うと、新たな手袋を取り出してシュルリと両手に嵌め、高笑いを響かせて中庭から去っていった。

直人は顔の上に乗ったままの放り投げられた手袋を、屈辱にまみれながらギュッと握りしめる。

「くうっ……。しょ、承知いたしました……」

無防備な背中に飛びかかり、地面に組み伏せてやりたい。

そんな怒りと衝動を懸命に抑えこみ、奥歯を嚙みしめた直人は屈辱的な命令を従順に承諾する。

せめてもの反抗に、薄布に染みついた高慢な女主人の残り香を鼻腔《びこう》いっぱいに吸いこんで股間をふくらませ、欲望の対象にして脳内で穢してやるのだった。

2

直人が紗良に仕えるようになってから、もう十年近くになる。

向井家は姫島家の遠縁にあたり、今となっては遠い記憶だが、幼少期は直人もそれなりに裕福な暮らしをしていた。

そんななかでも、かつて姫島家が主催で開かれたパーティーに出席したことは、今も記憶に、鮮明に焼きついている。

生まれてすぐに母親と死別していた直人は、父に連れられて二人でパーティー会場へと向かった。

まるで童話に出てくる舞踏会のように、眩《まばゆ》いシャンデリアがきらめくなかで華やかに着飾った大人たちが談笑する様を、少年は気後れして柱の陰から遠巻きに見つめていた。

頼りとなるはずの父は挨拶まわりに忙しいようで、ほかの出席者たちにペコペコと頭を下げているのが見えた。

直人は心細い思いをしながら、小さな拳を握りしめてジッと俯《うつむ》いていた。

するとそんな少年に声をかけてきたのが、ピンク色の可憐《かれん》なドレスを優雅に着こなした、まだ幼い紗良であった。

少女もまた同年代の話し相手がおらず、退屈していたのだろう。

直人を見つけるとニッとどこかイタズラで楽しげな笑みを浮かべ、フリルをあしらった桃色の手袋に包まれた小さな手をスッと差し出してきた。

「アナタ、ヒマそうね。私もタイクツしていたの。ダンスにつきあいなさいよ」

「えっ……。僕、ダンスなんて踊ったことないです……」

突然、見知らぬ美少女に声をかけられて戸惑う直人に、少女はムッとした表情を浮かべた。

「なによ。私の誘いをことわるつもりなの。ナマイキね。おばあさまに言いつけるわよ」

紗良の言葉で、姫島家には同じ年ごろの女の子がいるが、くれぐれも機嫌を損ねないように、と父に強く言いつけられていたのを思い出した。

「あう……ご、ごめんなさい。いっしょに踊るから、言わないで……」

直人はおずおずと手を差し出し、上質の手袋に包まれた紗良の手をキュッと握った。

その瞬間、味わったことのないふわりとやわらかな感触が手にひろがり、あまりの快美感に幼いながらも頬がだらしなくゆるんだ。

夢見心地で呆然とする直人を、流れ出した音楽に合わせて紗良がステップを踏み、優雅に手を取り、リードした。

直人も懸命に動きを合わせようとするが、社交ダンスの経験などない少年は、ドタバタと不細工な足運びを見せるばかりであった。

微笑ましい光景に周囲からはクスクスと笑いがこぼれるが、背伸びしたい年ごろの少女は子ども扱いが気にくわないのか、ふっくらした頬をぷうとふくらませた。

「ちょっと。私がリードしてるんだから、ちゃんと踊りなさいよ。本当に、ヘタクソね」

「うう……ご、ごめんなさい」

「まわりを気にするから体が縮こまるのよ。私だけを見ていなさい。いい？」

「は、はい……」

少女の叱責を受け、直人はおどおどと彼女の顔を見つめた。

改めて間近で見れば、その面差しは息を呑むほどの美しさで、ドキドキと急に心臓が早鐘を打ちはじめた。

気恥ずかしくなって真っ赤にほてった顔を逸《そ》らそうとするも、紗良が手を重ねたまま小さな指でギュッとつねってくるため、視線をはずすことができない。

なんとか一曲を踊り終えたころには、直人はすっかりくたびれはてていた。

ハァハァと荒い息を吐く少年を、息ひとつ乱れていない少女が呆《あき》れた顔で見下ろす。

「もう疲れちゃったの？　情けないわね。そんなんじゃ、私のフィアンセにはなれないわよ」

「えっ。フィアンセって？」

「あら、知らないの。このパーティーは私を未来の結婚相手におひろめするためにおばあさまが開いたのよ。でもみんな年上で、私を子ども扱いする人ばかり。つまらないったらないわ。だからアナタと踊れて、ちょっとだけ楽しかったわよ」

華やいだ顔で笑いかける紗良に、直人の胸はドキリと震えた。

それが少年にとっての、初恋の瞬間であった。

頬を赤らめてポーッと見つめる直人に、少年を魅了したことで満足げな笑みを浮かべた紗良が、なにかを思い出したか、ニッと意地悪く口角を上げた。

「そういえばアナタ、踊っている間じゅうずっと、私の手袋を撫でつづけていたわね。失礼じゃないかしら？」

紗良の指摘に、直人はビクンと震えあがり、慌てて弁明した。

「ご、ごめんなさい。紗良お嬢様の手袋、すごくスベスベふわふわで、触ってるととっても気持ちよくって……」

どんな叱責を受けるかと縮こまる直人に、しかし愛用の手袋を褒められた幼き令嬢は、可憐な美貌にパァッと笑顔の花を咲かせた。

「あら。アナタ、この手袋のすばらしさがわかるのね。これは今日のパーティーのために、おばあさまが特別に用意してくださったものなのよ。嵌めているだけで手がとろけそうに心地よくて、本物のプリンセスになったような幸せな心地になれるの」

うっとりと夢見心地の表情で呟《つぶや》く紗良はなんとも愛らしく、直人はますます少女に見惚《みと》れてしまった。

手袋の感触をたしかめるようにスリスリと自らの両手を擦《こす》り合わせる美少女の姿を見ていると、己のなかに秘められた未知の扉が開いたような気がした。

だが、夢の時間はそこまでだった。

紗良は彼女の両親に呼ばれてほかの出席客への挨拶へ向かってしまい、直人は再び広いパーティー会場に一人、ポツンと取り残されることとなった。

少年はいまだ手にはっきりと残る上質でやわらかな手袋の感触を思い返しては、自分とは住む世界の違う少女の姿を、柱の陰から目で追いつづけた。

そんな初恋の少女と再び出会ったのは、それから一年後であった。

共同経営者に騙《だま》されて事業に失敗した父が多額の借金を負い、直人は突然に未来が閉ざされ、絶望の淵《ふち》にあった。

それから数日後、黒服を着た大人たちが突然やってきて、見知らぬ大邸宅へと連れてこられた。

少年を出迎えたのは、赤い可憐なワンピースに身を包んだナマイキそうな少女だった。

あどけなさは残るものの、以前に増して美しく成長した紗良であった。

「アナタ、直人と言ったわね。聞いたわよ、住むところがなくなったんですってね」

「は、はい……」

いつかもう一度会えたならと淡い希望を抱いてはいたが、こんな情けない姿を見られたくはなかった。

唇を噛みしめてうなだれる直人を、腰に手を当て、ふんぞり返って立つワガママ令嬢が、ニヤニヤとイタズラな笑みを浮かべて見下ろしていた。

「喜びなさい。今日からアナタを、私だけの執事として仕えさせてあげる」

「えっ。僕が、紗良お嬢様の……執事に？」

寝耳に水の言葉に、直人は驚いて顔を上げた。

紗良は直人の前にズイと進み出ると、あの日と同じ桃色の手袋に覆われた愛らしい人さし指を、ピッと下へ向けた。

「ええ、そうよ。おばあさまにお願いして、そう決めたの。アナタのパパも、喜んで賛成したらしいわ。さあ、わかったら、私の前にひざまずきなさい」

いきなりの命令に困惑するものの、直人は言われるがままにひざまずいた。

その従順な姿を見た紗良はなんとも愉快そうにコロコロと笑い、うんうんとうなずいた。

「アハッ。素直にひざまずいたわね。やっぱりあのパーティーの日にピンと来た感じは、間違いじゃなかったようね。いいかしら。これからアナタは、私の言いつけをなんでも聞く下僕になるのよ。行くあてのないかわいそうなアナタを、私がこの屋敷で飼ってあげる。感謝しなさい」

居丈高に命じる不遜《ふそん》な令嬢に、しかし直人は不思議と反抗心を覚えなかった。

住む家さえ失くした少年にとって、お情けとはいえ、紗良が差し伸べてくれた手は女神による救いとすら思えた。

なにより、あの日に心を奪われた初恋の美少女と、主従関係とはいえ、近くで過ごすことができるのだ。

すでに一度将来の希望が閉ざされた少年にとって、提示された新たな未来は、眩く光り輝いて見えた。

「ありがとうございます。僕……がんばって、紗良お嬢様にお仕えします」

理不尽な命令を素直に受け入れた直人を見下ろし、紗良はにんまりと満足げな笑みを浮かべた。

そしてひざまずく直人に向かい、桃色の手袋に包まれた手の甲をツイと差し出した。

紗良がなにを望んでいるかを察した直人は、少女の手を恭しく両手で取った。

そしてドキドキと心臓を高鳴らせながら両目を閉じ、布地の上から手の甲に、チュッと忠誠を誓う口づけをした。

「フフン。いい心がけね。そうやってこれからも私にいっぱい尽くすのよ」

童話に出てくるプリンセスのような扱いを受けた紗良は、うれしそうに小鼻をぷくっと愛らしくふくらませた。

だが、直人の行動はそれだけで止まらなかった。

最上級の絹が誇る鮮烈なまでのすべらかさに、魂を揺さぶられるほどの衝撃を受けた少年は、誓いの口づけを捧げたあとも少女の手を放すことができなかった。

うっとりとした顔でサスサス、サワサワと何度も紗良の小さな手を手袋の上から撫でまわし、チュッチュッと手の甲への接吻《せっぷん》を繰り返した。

「ひゃっ？　ちょ、ちょっと。いつまで触っているのよ。んっ……。いい加減、手を放しなさいったら……アンッ。な、なめちゃダメッ」

少女の唇から愛らしい悲鳴が漏れる。

とうとう直人が舌先で手の甲を布地ごと舐めはじめると、上質の絹がクチュリと淫《いん》猥《わい》に濡れ、ぬめる感触がひろがって、紗良がブルルッと身震いした。

「い、いい加減になさい、このヘンタイッ」

紗良は驚いて大きく手を振り払い、拙い愛撫《あいぶ》から逃れると、ペチンッと手のひらで直人の頬を打った。

「あうっ。……はっ？　ぼ、僕はなにを……」

頬にひろがるじんわりとした痛みとやわらかな布地の感触に、直人はようやく我に返った。

恐るおそる顔を上げると、紗良があどけない顔を真っ赤に染めてプルプルと全身を震わせていた。

「誰がなめていいって言ったのよ。大事な手袋に汚らしい染みがついちゃったでしょ。まさか本当に、しつけの必要なペットだとは思わなかったわ。オシオキよ。四つんばいになってお尻を出しなさいっ」

「ああっ。ご、ごめんなさい。どうか許してくださいっ」

暗闇から救い出してくれた恩人にとんでもないまねをしてしまった悔恨に、直人は反抗せず、命じられたとおりに四つん這《ば》いになった。

紗良は怒りをこめて右手を振りかぶり、ズボンの上から、ペチン、ペチンッと直人の尻を平手でたたいた。

とはいえ、少女の力ではさほどの痛みは与えられない。

少年の尻には、主《あるじ》となる令嬢の手袋に包まれたすべらかな手のひらの感触だけが、じんわりと刻まれていった。

「うぐっ。くうぅっ」

小さくうめきを漏らしながら、直人はこの日、生まれてはじめて、幼い陰茎が熱くふくらむ感覚を知った。

折檻《せっかん》を終えてようやく怒りが鎮まったのか、紗良は大きく息を吐き出した。

少年の唾が染みこんでジュクリと変色した愛用の手袋を薄気味悪そうに見つめると、

指先を引っ張って乱暴にはずし、直人の顔に向かってポイと放り投げた。

「ううっ。気持ちが悪い……。それ、捨てておきなさい。もちろん、代金はアナタのお給金から引いておくからね。私の手袋はとっても高価なんだから、これでしばらくアナタはタダ働きね。アハハッ」

イヤミをたっぷりとこめて愉快そうに笑う高慢令嬢に、しかし直人は反発を抱きはしなかった。

裏を返せば、これほどの粗相を働いてもなお、直人をそばに仕えさせるつもりということなのだから。

「あ、ありがとうございます、紗良お嬢様。僕、がんばって働きますっ」

目を輝かせて少女を見あげる少年に、紗良は困惑の表情を浮かべる。

「な、なんなのよ。女の子にひざまずかされて、お尻をたたかれたのよ。どうして笑ってるの。……やっぱりヘンなヤツ」

これまでの交流範囲では、家柄を鼻にかけた無駄にプライドばかり高い少年としか出会ったことがなかったのだろう。

紗良はポツリと呟くと、珍しい玩具を見つけたのを喜ぶように、ニヤッと意地の悪い笑みを浮かべたのだった。

3

それからというもの、直人は姫島家の屋敷に住みこみ、ワガママ令嬢の専属執事として仕えつづけた。

紗良が高校卒業後に彼女の両親が海外へと居住を移し、広大な屋敷へ令嬢が一人で住まうようになってからというもの、その傍若無人なふるまいはますます拍車がかかっていた。

気まぐれな彼女に振りまわされる生活には、ストレスを感じることも多々あった。とはいえ直人には、施設に送られ、将来が見えぬまま一人孤独に生きてゆくよりは、よほど幸せだと思えた。

初恋の美少女の、あの日以来心をつかんで放さない、美しく手袋を塡めた姿を、傍らで見つめつづけることができるのだから。

「ふう……。今日も疲れたな」

一日の勤めを終え、直人はようやく自室へと戻ってきた。

そこは姫島家の屋敷の端にある、もともとは倉庫として使われていた八畳ほどの一室だった。

ベッド以外は事務机やクローゼットなど最低限の家具しか置かれておらず、テレビすらもない殺風景な部屋だ。

直人は執事服を脱ぎすて、下着姿になると、ベッドの上へゴロリと無造作に横たわり、ぼんやりと天井を見あげた。

明日も早いため、体を休めたほうがいいとわかってはいるのだが、今夜はなかなか寝つけそうにない。

「久しぶりに、お嬢様の手が顔に触れたな。一瞬だけど、心地よかった……」

目をつぶれば、最高級の絹手袋に包まれた紗良のしなやかな指先がピンと額をはじいた感触を、はっきりと思い起こせる。

忠誠を誓った幼い日のように、唇で触れることこそできなかったが、久方ぶりに味わう快美感は、青年の胸をたまらなく熱く震わせた。

寝返りを打つと、直人はベッドの脇にある机に向かって手を伸ばし、鍵のかかった抽斗《ひきだし》を開けた。

なかには透明なビニール袋で丁寧に密封された女性用の絹手袋が、いくつもしまってある。

それらは、今まで癇癪を起こした紗良に投げつけられ、処分するように言いつけられたものを、ひそかに収集したものだ。

汚れは丁寧に拭い、染み抜きもしっかりと施して、清潔な状態で保管している。

しかし直人は、あえて唯一まだ染みの残ったままの手袋を取り出すと、光沢のある布地を愛《いと》おしげに手のひらで撫でまわした。

「ああ……。なんてすべらかなんだ。紗良お嬢様のやわらかな手のひらを包みこむ、特別製の手袋……。これを身につけていると、あの癇癪持ちのワガママお嬢様も、うっとりとした幸せそうな表情をしているもんな……」

ある意味で紗良のストッパーともなっていた手袋を、直人は彼女に仕える執事として、感謝の念をこめつつ撫でさする。

とろけそうな触り心地は、令嬢の激情を鎮めるのにひと役買っていたのとは裏腹に、直人の劣情を著しく昂《たかぶ》らせた。

青年は想い人の残り香が染みこんだ布地を顔へと近づけ、鼻を埋《うず》めて思いきり匂いを嗅いだ。

ほの甘い令嬢の香りにうっとりと酔いしれつつ、ムチュッムチュッと何度も唇を押しつけた。

「今日はもう少しで、お嬢様の手を舐めることができたのに……。少し汚れたくらいで大事な手袋を捨ててしまおうとする悪い子は、僕が執事として、躾をしてやらなければ」

面と向かっては決して言えぬことをブツブツと呟き、もぞもぞとパンツを下ろす。先走り汁を滴らせ、ガチガチに反り返った肉棒をボロンと取り出すと、紅茶の染みが残った絹手袋を、ぬめりの付着した肉幹にそっと巻きつけた。

「うあぁっ。ス、スベスベだ……。気持ちよすぎて腰が抜けそうだ」

鋭敏な陰茎を包みこむ圧倒的な快美感に、腰を震わせてうめきを漏らし、直人はそのまま布地ごと、ゴシュ、ゴシュと扱《しご》きはじめた。

これが無趣味な直人が唯一、毎晩のように没頭する、紗良の使用済み手袋を用いての自慰であった。

屋敷に来て間もないころは、初恋相手で手の届かぬ美少女を懸想し、絹の感触を撫でて堪能《たんのう》するだけだった。

だがいつしか紗良の美貌を思い浮かべ、手の感触を想像するたび股間が熱を持ち、ピンと反り立ってしまうことに気づいた。

ほんの気まぐれで手にした布地を幼き陰茎に擦りつけてみたところ、鮮烈なまでの快美感が全身へ走りぬけ、目もくらむ快感とともに精通を迎えていた。

それ以来、直人は紗良の手袋を使用しての変態的な自慰が、やみつきになってしまったのだ。

「ああ……紗良お嬢様、気持ちいいですよ。お嬢様も、チ×ポを撫でていると気持ちがいいでしょう。いつも暇さえあれば、手袋に包まれた両手をスリスリとこっそり擦り合わせていますものね。こうやって硬く逞《たくま》しいものに、思いきり手袋ごと手のひらを擦りつけてみたかったんじゃないですか」

己に都合のよいシチュエーションを脳裏に思い描いてはブツブツと呟き、ひたすら自慰に没頭してゆく。

ひっきりなしに滴る先走り汁がグチュグチュと上質の布地に染みこんでゆくと、高貴な令嬢を自分の色に染めあげている気分になり、たまらない興奮がこみあげた。

「少し手袋が汚れただけであんなにも拒否反応を示す潔癖なお嬢様だ。もし精液を直接浴びせられたら、どんな顔をするんだろう……。うう、紗良お嬢様を汚したい。ほかの誰かのものになってしまう前に……この僕がっ」

この日、ひときわ直人の自慰が激しくなったのは、紗良が許婚候補と会食したことへの不安も大きかったのかもしれない。

もし紗良が嫁いだなら、同年代の異性である青年は、執事の職を解かれる可能性が高い。

そうすれば直人は二度と、紗良に会う機会を失うだろう。

焦燥感に駆られた青年は、己の存在を刻みつけんとするかのように、令嬢の残り香がほんのりと染みついた上質の薄布を先走り汁で汚してゆく。

「くあぁっ。紗良お嬢様、イキますよ。僕の想いを、受け止めてくださいっ」

やがてブビュブビュッと大量の精液が噴き出し、亀頭に巻きつけられた布地を、先走り汁より遥《はる》かに濃い白濁液でドロドロと汚してゆく。

直人は圧倒的な射精の快楽に酔いしれながら、なおも手袋ごと肉棒をガシュガシュと激しく扱きたてる。

今日一日で紗良に対してためこんだ憤りを劣情に乗せ、彼女の象徴である高貴な絹手袋へこれでもかとたたきつけていった。

「くうぅっ……。はぁ、はぁ……。また、やってしまった……」

大量の精液とともに濁った情念も吐き出し終えると、快感の余韻に呆然と浸ったまま、天井を見あげてポツリと呟いた。

劣情が放出されれば昂りは急激に鎮まってゆき、大恩ある令嬢を欲望の対象にしてしまった罪悪感がこみあげてくる。

視線を下ろせば、大量の精液がへばりついて眩い光沢を失った、穢れた手袋が目に入った。

汚れを拭わねばと思うものの、自慰のあとに決まって襲われる虚《むな》しさと疲労感に苛《さいな》まれて、動くのが億劫《おっくう》になる。

直人は重くなった体を再びベッドへ投げ出し、ゴロリと横になった。

眠気に負けて、あとの処理は明日の自分に任せようと決め、目を閉じる。

しかしこの日は、安眠を迎えることはできなかった。

扉からコンコンとノックの音が聞こえてきたのだ。

「直人、起きているかしら」

扉の向こうから聞こえてきたのは、聞きなじみのある澄んだ女の美声だった。

「さ、紗良お嬢様？　なにかございましたか」

紗良のほうからやってくるなどはじめてのことであり、尋ね返す直人の声が動揺で裏返った。

「用事がなければわざわざこんな場所を訪ねてこないわ。さっさとここを開けなさいな」

せっかちなワガママ令嬢は、鍵のかかったドアノブをガチャガチャと捻《ひね》る。

時刻はすでに午後十一時を過ぎており、常識的に考えればとっくに業務時間外なのだが、青年を己の所有物としか考えていない令嬢にはおかまいなしのようだ。

直人は焦り、キョロキョロと周囲を見まわす。

己自身はパンツを脱ぎ、股間がまる出しの状態で、机の上には、へばりついた白濁液でジュクジュクと卑猥に湿った手袋が放置されたままだ。

ひとまずパンツを穿《は》きなおし、汚れた手袋を机の抽斗へと放りこむ。

その間もノックの音はドンドンと激しさを増してくる。

「ちょっと。いつまで待たせる気よ。私に言えないことでもしているんじゃないでしょうね」

苛立たしげな声が、ドアノブをまわす音とともに響いた。

これ以上待たせて癇癪を起されてはたまらないと、直人は覚悟を決めて扉へと向かい、隙間からわずかに顔をのぞかせて、訪問者の様子を窺《うかが》った。

「御用でしょうか、お嬢様……あっ」

恐るおそる要件を訪ねると、直人の目は大きく見開かれ、思わず声が漏れた。

就寝前だったのだろう、紗良は高貴な光沢を放つシルク製のワインレッドのパジャマに身を包んでいた。

ドアノブを握る手は、肌を守るべくやわらかな素材で縫製された、就寝用手袋に覆われている。

まだ湯あがりからはそれほど時間が経《た》っていないのだろうか。

つややかに輝く長い黒髪とほんのりと朱に色づいた白い肌は、生来の美貌をよりいっそう引き立てており、直人は思わずゴクリと唾を飲む。

「なにをもたもたしていたの。主が呼んでいるのだから、すぐに出てくるのが当たり前でしょう。入るわよ」

理不尽に言い放つと、令嬢はグイとドアノブを引き、室内に入ろうとする。

「お、お待ちください。僕は今、人前に出られる恰好《かっこう》ではなくて……。それに部屋のなかも散らかっていて、お嬢様をお招きできる状態では……」

「別にもてなしなんてはじめから期待していないわよ。用があると言っているでしょう。いつまで廊下で立たせておくつもりなの。湯冷めして風邪でも引いたらどうしてくれるのよ。いい加減に開けないと、ドアを蹴破るわよっ」

ワガママ令嬢ならば、本気で扉を蹴りつけかねない。

それで足を怪我《けが》でもされては、彼女の祖母や両親にどんな叱責を受けるかわからない。

「わかりました。今、開けますから」

直人はしぶしぶ扉を開けて令嬢を招き入れた。

「最初から言うことを聞いていればいいのよ。まったく、グズなんだから」

フンと鼻を鳴らし、令嬢がズンズンと踏み入ってくる。

キョロキョロと室内を見わたすと、指で鼻を摘まんだ。

「殺風景でつまらない部屋ね。なにもないじゃない。それに……うっ。これはなんにのニオイなの。なんだかムワッとするわ。男の部屋って、こういうものなのかしら……」

最低限の家具しか置いていない、おもしろみのない部屋を呆れた顔で見まわし、紗良が眉をひそめて呟いた。

たしかに先ほどまで自慰に耽《ふけ》っていた室内には、牡《おす》の臭気が充満している。

「も、申し訳ございません……」

謝りつつ、紗良が臭気の正体に気づいていない様子に、ホッと胸を撫で下ろした。

十年以上も常にそばで仕えているため、この美しくも気位の高いワガママ令嬢に異性との交際経験がないことは知っている。

それでも、もしや自分の知らない一面があるのではとの不安も心の片隅に存在していたが、この反応を見る限り、心配は杞憂《きゆう》だったようだ。

「まあ、いいわ。こんな場所、さっさと用を済ませて出るとしましょう。直人、昼間にアナタへわたした私の手袋を、今すぐ返してちょうだい」

「えっ。あの手袋をですか」

直人は驚いて目をまるくする。

これまで紗良が一度不必要の烙印《らくいん》を押したものを、もう一度ほしいと言ったことなどありはしなかった。

ゆえに直人は紗良の使用済みの手袋を安心してコレクションできていたのだが、まさか今日に限ってそんなワガママを言い出すとは思ってもいなかった。

「あれは染みがついておりますので、数日お待ちいただければ、きちんと染み抜きを終え、新品同様になった状態でお持ちいたします」

「そんなに待てないわ。あの手袋は、私のお気に入りだと言ったでしょう。私がはじめてデザインして制作した、大切な一品なのよ。なのにあの男ったら、まるで興味を示さないで、それどころかすぐにはずせだなんて言い出して……。ものの価値がわからない男はこれだからイヤだわ」

どうやら紗良は、お気に入りの手袋を着用した姿を披露することで、許婚候補の反応を試したらしい。

結果、関心を示さなかった御曹司は、彼女の交際相手として失格の烙印を押されたようだ。

一方、紗良の手袋に過剰すぎるほどの反応をひそかに示してしまった直人は、顔を真っ青にして小刻みに震え出した。

(な、なんてことだ。まさかお嬢様、一度いらないと言ったものを返せと言ってくるだなんて……。あんな状態にしてしまったものを差し出せるわけがないじゃないか)

直人は必死に脳を回転させ、どう言えば紗良が諦めるだろうかと思案する。

しかし目ざとい令嬢は、直人が机の抽斗に一瞬だけ視線をやったのを見逃さず、机に向かってスッと右手を伸ばした。

「そこに入っているのね。開けるわよ」

「ああっ。お待ちください」

止める間もなく、紗良は抽斗をクイと開けてしまう。

すると室内の何倍も濃密な蒸れた臭気が、令嬢の美貌をムワリと襲った。

「うぷっ。ヒイッ、なんなの、このニオイは。……な、なによ、これ。手袋が気色の悪い液体でドロドロじゃない。直人、これはいったいどういうことなの！」

鼻腔を強烈に刺激されて激昂し、紗良が鼻を押さえたまま目尻に滴を浮かべてキッと睨みつける。

「ううっ。も、申し訳ございませんでしたっ……」

我が身の破滅を予感した青年は、怒り狂う令嬢にたただただひれ伏し、額を床へ無様に擦りつけるしかなかった……。

第二章　精液まみれの令嬢

1

直人は自室の床に全裸で四つん這いになり、唇を嚙みしめていた。

恥辱に震える青年を、ベッドの縁に腰かけた令嬢が冷たい目で見下ろしている。

「それで……アナタは私の手袋を盗んで、いったいなにをしていたのかしら」

冷ややかな声で問われ、直人は体を縮こまらせる。

「ぼ、僕は盗んだわけでは……」

「黙りなさいっ。捨てておくようにとは命じたけれど、アナタにあげるだなんてひとことも言っていないわ。それをこっそり持ち帰っていただなんて……アナタには失望したわ。恥を知りなさい！」

絹の手袋に包まれたやわらかな手のひらが、ビシャリと直人の尻を打つ。

「うぐっ。も、申し訳ありませんでした……」

直人はろくな反論もできず、床に顔を埋めてうめきを漏らすばかりだ。

こうして折檻を受けるのは、何年ぶりだろうか。

専属の執事として仕えはじめて間もないころ、紗良のお気に入りだったティーカップをうっかり割ってしまい、激怒した令嬢に全裸になるよう命じられたことを思い出す。

そのときもさんざんに尻を平手で打たれたが、こみあげるのは羞恥心ばかりで痛み自体は薄かった。

手袋越しに触れる令嬢の手のひらのやわらかな感触に、妙な昂りを感じたのを今でもぼんやりと覚えている。

そのあと、少年を無理やり裸に剝《む》いた件を両親に知られた紗良は逆にこっぴどく叱られ、以降は折檻を受けるにしても服を脱がされることはなくなった。

それでも、あの日の屈辱は今も胸に焼きついている。

思えばその一件もまた、直人が紗良の手袋に魅了されるきっかけのひとつであったのかもしれない。

「もう謝罪は聞きあきたわ。いったいなにをしていたのか、はっきりおっしゃい」

長い美脚を組み、ベッドに腰かけたまま、紗良が足の先でクイと直人の顎をしゃくり、上を向かせる。

その行為に倒錯した興奮を覚えながら、直人はポツポツと己の歪んだ性癖を白状しはじめた。

「うう……。ぼ、僕は……お嬢様の使用済みの手袋を使って、毎晩、自慰をしていました……」

「自慰……オナニーというヤツね。たしか、女に欲情した男が股間をまさぐって穢れた汁を吐き出す行為だったかしら。まさか直人も隠れてそんなまねをしていただなんて……幻滅だわ」

失望の滲《にじ》んだ冷ややかな呟きに、直人は大恩ある主人を裏切った罪悪感に襲われ、ギュッと目を閉じ、顔を伏せる。

「それで？　どんなふうにして、私の大切な手袋をあんなにもドロドロに汚したの。言ってみなさい」

「そ、それは……。お嬢様にそのような破廉恥なことをお聞かせするわけには……」

羞恥心がこみあげて思わず口ごもるも、紗良は急《せ》かすように直人の尻をピシャリと打つ。

「今さら、なにを言っているのよ。私には主人として、アナタの行動を把握しておく必要があるの。言うことを聞けないのなら、おばあさまに今日のことを言いつけるわよ」

「ううっ。そ、それだけは……」

大切な孫娘を穢されたと知った姫島家の当主がどれほど怒り狂うかと思うと、直人は恐怖で歯の根がガチガチと鳴った。

青年は観念し、憧れの令嬢に己の不埒《ふらち》な行為を訥々《とつとつ》と打ち明けた。

「ぼ、僕は……手袋に染みついたお嬢様の香りを嗅ぎながら、もう片方の手袋を股間に巻きつけ、扱きたてました。上質な手袋はたまらなくスベスベで……敏感な股間を撫でると、えもいわれぬほど気持ちよくて……ううっ」

脳は沸騰し、理性はちりぢりにかき乱されているのに、令嬢に痴態を見られていると倒錯した興奮が湧きあがり、腰がカクカクと震えてしまう。

特異なシチュエーションのなかでいつの間にか股間に大量の血流が流れこみ、陰茎がムクムクと肥大化しはじめた。

「キャッ。な、なんなの。どうしてアナタのアソコ、大きくなっているのよ。もう今日はあんなにもたくさん、ドロドロを吐き出したのでしょう」

男の生理現象を目の当たりにし、令嬢は愛らしい悲鳴をあげ、目をまるくして戸惑っている。

性に関しての知識はいくらかあるようだが、こうして実際に目にするのは、はじめてのようだ。

うぶな反応に、直人はどこか安堵し、男の性について教えてゆく。

「は、はい。たくさん射精しました。それでも魅力的な女性が近くにいると、また股間に血が集まり、大きくなってしまうのです……」

「ふ、ふぅん……。つまりアナタは、私がそばで見ているから、またみっともなく股間を大きくさせてしまったというわけね」

紗良は戸惑いながらも、頬が微かにニヤついていた。

己の美貌に絶対の自信を持つ令嬢にとって、魅力に当てられた異性がこうしてわかりやすい反応を示すのは、まんざらでもないことのようだ。

もちろん、面識のない相手に不埒にも勃起を見せつけられたなら、容赦ない平手打ちが飛んだことだろう。

だが相手がよく知る直人であり、彼自身が今も恥辱に打ち震えているため、局部を目にする羞恥よりも、優越感のほうがうわまわっているらしい。

「飼い主を相手に欲情するだなんて、とんだ駄犬ね。アナタのような不埒な男には、もっと恥をかかせてあげるわ。さあ、立ちあがって、そのぶら下がった粗末なものをもっとよくお見せなさい」

思いもかけぬ命令に、直人は思わずブルッと体を震わせる。

「い、いけません。このようなものを、お嬢様にお見せするわけには……あうっ」

戸惑い拒絶するが、再び尻をピシャリと打たれてうめきが漏れる。

「今さら、なにを常識ぶったもの言いをしているのよ。主人に欲情するヘンタイのくせにっ。いいからさっさと立って、みっともない姿を私にさらすのよ！」

「は、はい。ただいまっ」

長年の主従関係もあって、強い口調で命令されては拒みきれず、直人はおずおずと立ちあがる。

体は羞恥と畏怖にブルブルと震えていたが、男の象徴はふだんの勃起時よりひとまわりも巨大にふくらみ、臍まで反り返って猛々《たけだけ》しくいきり立っていた。

「ヒッ？　こ、これが男の分身……。子供のころに見た小さくて情けないものと、まるで違うわ。……うぷっ。すえたニオイを撒《ま》き散らして……なんて醜くて、おぞましいの……」

高慢な令嬢は小さな悲鳴をあげ、逞しい男の象徴に圧倒されている。

かつて直人を折檻した際に目にした小さな陰茎との、あまりの大きなギャップに、おののいているようだ。

それでも不快感より好奇心がうわまわっているのか、右手で鼻を摘まみつつ、反り立つ肉塊に美貌を寄せて、しげしげとのぞきこんでいる。

「ううっ。お嬢様、そんなに顔を近づけては……」

一方の直人は、開きなおって欲情することもできず、この特異な状況に困惑するばかりだ。

勃起を隠そうとするが、ピシッと紗良に手をはたかれて、許してもらえない。

「なにを勝手に隠そうとしているの。これは罰なのよ。そのままジッとして、恥をさらしつづけなさい」

直人は真っ赤な顔をして俯き、唇を嚙みしめる。

だが肉棒だけは独立した生きものであるかのように、美女の視線を受けても怯むどころかビクビクと逞しく打ち震える。

尿道口からはぬめる先走り汁が滴り、肉幹をテラテラと卑猥に照り輝かせた。

「恥ずかしそうにもじついているくせに、ココだけはこんなにも大きくふくらんで……ナマイキね。いいわ。もっと恥をかかせてあげる。オナニー、だったかしら、私の目の前で、やってみせなさいな」

思いもかけぬ命令に、直人は驚きの声をあげる。

「そ、そんな。お嬢様の前でそのようなこと、できるはずが……」

「私の大切な手袋をこっそり盗んで汚していた男が、今さらなにを言っているのよ。アナタに拒否権はないの。さっさと無様をさらしなさいっ」

強い口調で命じられてはそれ以上抗《あらが》うこともできず、直人はギュッと両目を閉じ、反り返る肉棒を右手で扱きたてる。

「うっ……くうっ……」

「ふうん。それがオナニーなのね。みっともない動きだわ。そんなのが気持ちいいの。やっぱり男なんて、情けない生きものなのね」

令嬢の呟きに、ますます羞恥がふくれあがる。

あまりの屈辱感にまるで自慰に集中できず、手の動きもぎこちなく、ろくな快感が得られない。

両目を閉じて令嬢の美貌を見ないようにしていたこともあり、あれほど漲《みなぎ》っていた肉棒も、次第に硬度がゆるみはじめた。

「あら。なんだか萎《しぼ》んできたわよ。もう終わりなの」

「いえ、そういうわけではないのですが……ううっ、やはりこのようなことは、もう終わりにいたしましょう。ほかの罰ならば、どのようなものでもお受けしますから」

直人は令嬢の品格を傷つけぬよう、そう提案したつもりだった。

だが、へそ曲がりのワガママ令嬢は、かえってニヤニヤと意地の悪い笑みを浮かべた。

「ダメよ。どうやらアナタにとっては、こうして私の前で情けない姿を見せるのがいちばんの罰のようだもの。もっと無様をさらしてもらうわ……。いつまで目を閉じているの。ちゃんと目を開けて、私を見なさい」

ピシャリと尻をたたかれると、手袋に覆われた手のひらのやわらかな感触が痛みをうわまわり、心地よくひろがってゆく。

おずおずと目を開ければ、眼前には恋いこがれつづけた高貴なる令嬢の美しい面差しがあった。

いけないとわかっているのに、再び陰茎に血流が流れこんでゆく。

それでも直人の手つきは、どうにもぎこちないままだった。

「なんだか全然、気持ちよさそうではないわね。こんなことのために、わざわざ私の手袋を隠し持っていたの。本当は、ほかにもなにか秘密にしていることがあるんでしょう。正直におっしゃい」

「そ、それは……。あうっ。指ではじかないでください」

退屈そうに頬杖《ほおづえ》をついた紗良が、ピン、ピンと指先で垂れ下がる睾丸《こうがん》をはじいてきた。

急所を刺激されてうめきを漏らし、直人は観念して自慰の方法を打ち明ける。

「うう……。いつもは、お嬢様の手袋をチ×ポに巻きつけています。お嬢様の、やわらかな手に包まれる心地よさを想像しながら、射精するまで扱きつづけているんです……」

「へえ。私にこんな醜いものを握らせる想像をしながら欲情していたのね。それに、チ×ポだなんて、下品な呼び方。従順そうな顔をして、それがアナタの本性だったのね。幻滅だわ」

直人をなじりつつも、紗良はどこか愉しんでいるように見える。

日々の退屈を持てあましていた令嬢にとって、未知の淫靡《いんび》な知識に新鮮な驚きを受けているようだ。

「そういえばアナタ、私の手もとをジッと見つめながら、不自然に腰を引いていたことがあったわね。もしや私の隣に控えているときも、ひそかに欲情して股間をふくらませていたんじゃないでしょうね。このケダモノ」

「あう。き、気づいていたのですか。申し訳ありません……」

自分に関心など欠片《かけら》も抱いていないだろうと考えていた令嬢の、思いがけぬ観察眼に、直人は何度目かわからぬ謝罪の言葉を口にした。

とがめられて縮こまる青年の情けない姿に溜飲《りゅういん》が下がったのか、紗良は意地の悪い微笑を浮かべた。

そして青年に見せつけるように、身につけていた左手の手袋を目の前でシュルシュルとはずしていった。

「ほら。ほしかったのでしょう。貸してあげるわ。これを使って、もっとみっともない姿を見せてみなさい」

「なっ。そ、そのようなことは……」

紗良ははずしたばかりの手袋の指先部分を右手で摘まみ、ブラブラと揺らして、からかっている。

直人はゴクリと唾を飲むも、令嬢の甘くかぐわしい匂いの染みついた薄布に飛びつきたい衝動を懸命に抑えこんだ。

「今さらなにを取りつくろっているのよ、ヘンタイの犯罪者のくせに。アナタにできるのはせいぜい、どうしようもなく無様な姿をさらして、私の同情を買い、許しを乞うことだけなのよ。さあ、さっさと言うとおりになさいっ」

紗良は手袋を摘まんだ指を勃起の上で見せつけるようにヒラヒラさせてから、パッと放した。

重力に引かれて落ちてくる手袋を、直人は反射的に受け止めた。

その瞬間、えもいわれぬすべらかな感触が手のなかにひろがる。

人肌に温まった上質な薄布は、倒錯的な願望を秘めていた青年をたちまち魅了する。

直人は脱ぎたての手袋を反り立つ陰茎に巻きつけると、狂ったようにガシュガシュと激しく扱きたてた。

「うあぁっ。スベスベで、気持ちよすぎる。お嬢様の前でこんなこと、許されないのに……手が止められない」

「アハッ。なんてみっともない姿なの。手だけじゃなくて腰まで前後に動いてしまっているじゃない。まるで発情期の獣のようね」

どれだけ侮蔑の言葉を浴びせられても、直人は手淫の手を止められない。鋭敏な肉棒を、初恋の相手である令嬢の温もりの残る手袋に包みこんでの自慰は、えもいわれぬ快感をもたらした。

しかも目の前には憧れつづけた絶世の美女がいて、きつい口調ではあるが、美声が耳をくすぐっているのだ。

毎晩のように自慰の際に思い描いていた禁断のシチュエーションが現実となり、直人は狂おしい興奮に呑みこまれ、火の出る勢いで肉棒を激しく扱きつづけた。

怒張はこれまでにないほどブクッとひとまわり以上大きく勃起している。

尿道口がパクパクと開閉するたび、亀頭の先端から多量の先走り汁がこぼれ出る。

粘液は巻きつけられた薄布にジュクジュクと染みこんで卑猥に変色させ、すべらかさを失う代わりに、ネットリと貼りつく淫靡な感触で包みこんできた。

「アァ。垂れた汚らしい汁が、手袋に染みこんでゆくわ。なんておぞましいの。主人の持ちものを汚して喜ぶだなんて、どうしようもないヘンタイね。ゆるんだだらしない顔をして……そんなに気持ちがいいのかしら」

「くうぅ。は、はい。お嬢様の温もりと、やわらかな布地に包まれていると、チ×ポが溶けてしまいそうです……。ああ、もうすぐ出る。射精してしまう」

ぞわぞわとこみあげる射精衝動に、腰がブルブルと震えて止まらない。

いつしか直人はベッドの縁に腰かける紗良へグイとにじり寄り、ツンととがった鼻先に亀頭を突きつけた。

手淫のたびに牡臭がムワリと舞いあがり、鼻腔を刺激された令嬢は顔をしかめ、慌てて鼻を摘まむ。

「ちょ、ちょっと。汚らしいものを近づけないで。うう、くひゃいわ」

「申し訳ありません。自分でも止められないのです……。ああ、見てください。お嬢様への想いが集まって、チ×ポがはちきれそうです。もう、出てしまいます。射精しますっ」

令嬢の美貌を直《じか》に見つめての自慰は、たまらない興奮を青年にもたらした。

紗良の叱責を受けても射精への欲求はふくらむばかりで、無我夢中で怒張を扱きつづける。

「ヒイッ。あのドロドロした汁を吐き出すというの。おやめなさい。汚れてしまうでしょう。さっさと離れてちょうだいっ」

亀頭の先端を向けられて、己が標的とされているのをようやく自覚し、紗良は慌てて右手を突き出し、直人を突き飛ばそうとする。

だが劣情に取りつかれた青年には、麗しの令嬢が自分のためにそのたおやかな手を慈悲深く差しのべてくれたように見えた。

直人は紗良の手首をつかむと、射精を求めて打ち震える怒張をギュッと握りこませた。

「イ、イヤッ。こんなもの、握らせないで。アァ、手袋越しなのに、なんてアツいの。粘ついた汁がへばりついて、布地に染みこんでゆく。お、おぞましいわ」

布地越しとはいえ、はじめて異性の象徴へ直に触れた紗良は、ふだんの高慢さを失い、牡の昂りを前にすっかり怯んでいる。

はじめて女の弱さを見せた令嬢に、直人の獣欲はますます滾《たぎ》り、清らかな手を用いた自慰を夢中になって繰り返す。

「ああ、お嬢様、気持ちがいいです。こうしてチ×ポを扱いていただけるなんて、夢のようです。どうか見ていてください。僕はお嬢様のことを……うあぁっ」

とうとう直人は令嬢の美貌をめがけて、煮えたぎる白濁液を万感の思いをこめてブビュブビュッと勢いよく吐き出した。

ドロドロに煮つまった粘度の高い液体は、まるでマーキングをするがごとく紗良の顔にベチャベチャとへばりついた。

「ヒイィーッ。アツいわっ。顔にネバネバがへばりついて……溶けてしまうぅ」

紗良は必死にかぶりを振って、放出から逃れようとする。

だが次から次に襲いかかる粘液は、柔肌にいったん貼りつくと、ダラダラと糸を引くばかりで、なかなか流れ落ちてゆかない。

美しい面差しは、表情すらわからぬほど、たちまち真っ白に塗りつぶされた。

直人は美女の手による圧倒的な射精の快感に酔いしれながら、自らが穢してしまった主人の姿を陶然と眺める。

「ああ、紗良お嬢様のお顔が、僕の精液で真っ白に……。なんていやらしいんだ。いくら出しても、射精が鎮まらない。うう、もっと扱いてくださいっ」

白濁液にまみれた令嬢の姿は、直人の征服欲を激しく駆りたてた。

射精がはじまっても劣情は尽きるどころかふくれあがるばかりで、今まで経験したことのないほど長い時間をかけて、多量の精液がビュルビュルッと噴きあがる。

「イ、イヤ……。これ以上、私を、んぷっ……穢さないでちょうだい」

はじめて男の劣情をたたきつけられ、紗良はふだんの高慢ぶりはどこへやら、すっかり一人のか弱き女に成りはてていた。

弱々しい声でつぶやくも、握らされた灼熱《しやくねつ》の剛棒から手を放すことができない。

下僕のように扱ってきた青年の、長年にかけて積みかさなった想いが混ぜこまれた精液を勢いよく打ちつけられるたびに、か細い悲鳴を漏らしては悩ましく肢体をくねらせて、身悶《みもだ》えるのだった。

2

ようやく射精が鎮まったころには、紗良はその美貌どころか、つややかな黒髪や上品な光沢を放つシルクのパジャマまでも大量の白濁液でドロドロになっていた。

「ああ、あの紗良お嬢様が精液まみれに……。なんていやらしくて、美しいんだ」

直人は自らの精液で卑猥に染めあげた憧れの令嬢を、満足げな表情でうっとりと眺める。

紗良の手をつかんでいた腕の力がゆるむと、欲望を吐き出し終えて、硬度がゆるんだ陰茎から、たおやかな手が剝がれてゆく。

紗良の手のひらもまた、滴った大量の精液によって、布地ごとグジュグジュと淫らに濡れそぼっていた。

むせ返る精臭が充満する室内で、しばし男女の息遣いだけが小さく響く。

このままときが止まってしまうのではないかとすら思えたが、先に静寂を破ったのは紗良であった。

顔に汚濁をへばりつかせたまま勢いよく立ちあがると、射精の余韻に呆然としている直人の胸をドンと両手で突き飛ばす。

「うわっ。お、お嬢様……？」

尻もちをついた衝撃で我に返り、直人が恐るおそる見あげると、そこには怒りで肩をブルブルと震わせた、すくみあがるほど迫力に満ちた令嬢の姿があった。

「この……ヘンタイッ！　私にこんな汚らしい汁をたくさん浴びせかけるだなんて、絶対に許さないんだからっ。今日のことは、おばあさまに言いつけてやるからね。覚えてらっしゃいっ」

紗良はそう吐きすてると、頰にへばりついた白濁液を手で拭い、肩を怒らせて部屋を出ていった。

自室に一人取り残された直人は、令嬢の怒りに触れたことで冷静さを取り戻した。

自分がいかに大それたことをしてしまったのかを今さらながら痛感し、頭を抱えてうずくまる。

「ああっ。ぼ、僕はなんてことをしてしまったんだ。お嬢様をあんなにも穢してしまうだなんて……。これではクビになって屋敷を追い出されるどころか、訴えられても仕方がないじゃないか。うう、もう終わりだ……」

犯罪者の烙印を押されるのはたしかにショックではあったが、それ以上に、もう二度と紗良に近づくことはかなわないのだと思うと、胸が張り裂けそうになる。

ひとときの激情に任せて大恩ある主人に狼藉《ろうぜき》を働いてしまった悔恨に、直人はうなだれ、絶望に沈む。

今すぐ紗良を追いかけ謝罪すべきだとは思うものの、いったいどんな顔をして対面すればよいのだろうか。

向けられるであろう軽蔑の眼差しを想像すると、恐怖に足がすくみ、立ちあがることすらままならない。

直人はただただうなだれ、罪の意識に苛まれては髪をかきむしるのだった。

第三章　羞恥と快感の狭間

1

姫島邸の大浴場に、深夜になっても珍しく明かりがついていた。

そこには頭から温水シャワーを浴び、必死で顔を拭う紗良の姿があった。

「うう、まだあのイヤなニオイが残っている気がする……。アイツったら、この私の顔にあんな汚い汁をたくさん浴びせるだなんて、絶対に許さないわっ」

怒りで頬を上気させた令嬢は、再び洗顔ソープを手のひらでたっぷりと泡立てると、顔全体に塗りたくる。

五回は洗顔を繰り返したため、汚れも精臭もすでに消え去っているはずだ。

それでも瞳を閉じると、柔肌にへばりつく白濁液のぬめった感触と、鼻腔を埋めつくすむせ返るような精臭が鮮明によみがえってくる。

紗良は何度も顔や髪を洗い流し、汚濁にまみれて穢された記憶を懸命に忘れようと努めた。

浴室をあとにして自室に戻ったころには、時刻は深夜零時をまわっていた。

屋敷で働くメイドたちはすでに帰宅しているため、一人で入浴の支度を済ませたので、今夜はずいぶんと時間がかかってしまった。

室内には、安眠を促進するアロマの香りが満ちている。

直人の部屋を訪ねる前に、就寝用にと焚《た》いておいたものだ。

ひとまずおぞましい出来事は忘れ、心安らぐ香りに酔いしれて、さっさと眠ってしまおう。

そう考えて、鼻腔いっぱいに空気を吸いこんだものの、再びどこからか、あのツンと鼻の粘膜を刺激する強烈な臭気が流れこんできた。

「うぷっ。ヒ、ヒイッ。ま、またあのニオイがするわ。まだ拭いきれていなかったのかしら」

紗良はキョロキョロと周囲を見まわす。

するとテーブルの上に、濡れてまるまった布地が目に入った。

それは浴室へ駆けこむ前にはずして放り投げた、汚れた手袋であった。

大量の精液にまみれた生乾きの薄布からは、より濃密に熟成された精臭がムワムワと匂いたっている。

本来なら厄介ごとは直人に処理させるところだが、ほかならぬ彼が原因であるため、押しつけることもできない。

紗良はギリッと唇を噛む。

「直人め、この私を穢しただけで飽き足らずに、こんな面倒までかけて……。おばあさまに言いつけてただクビにするだけでは済まさないわよ。もっと徹底的にイジメて、辱めてやらなくちゃ気が済まないわ……」

ナマイキにも己に歯向かうようなまねをした青年への不満をこぼしつつ、紗良は精いっぱいに手を伸ばして距離を取ったまま、白濁液に汚れた手袋をそっと摘まむ。

だがその瞬間、指先にグジュッと粘ついた感触がまつわりつく。

「ううっ。せっかくシャワーを浴びなおしたのに……」

不快感に身を捩《よじ》りながら、なんとか汚れた布地をくずかごへと運ぶ。

このまま袋へ入れて密閉すれば、汚臭も漏れることはないだろう。ホッと安堵の息を漏らすと、つい小鼻をヒクつかせ、卑猥に湿った布地を再び無意識に嗅いでしまった。

その瞬間、目に染みる臭気が鼻腔を鮮烈に通りぬけ、脳天を揺さぶる。

「むひぃっ？　ああ、く、くひゃいわ。こんな汚らしい汁を、あの人畜無害な直人が呆れるほどたくさん吐き出しただなんて、今でも信じられない……」

祖母にペコペコと媚《こ》びへつらう大人たちを間近で見てきたため、男など女にかしずくだけの情けない生きものだと思っていた。

実際にこれまで何人かの許婚候補と会ってきたが、紗良に気に入られようと下手に出る者か、己を大きく見せようと不必要に居丈高にふるまう者ばかりであった。

だが今夜の直人は、今まで出会ったどんな男たちとも違っていた。

主人に劣情を向ける申し訳なさに打ち震えながらも、紗良の威光に怯みもせず、牡の象徴を漲らせていた。

その秘めた猛々しさに、紗良は顔への射精から逃れるのを忘れるほど、すっかり圧倒されてしまった。

直人がときおりチラチラと紗良の姿を盗み見ていることには、とっくに気がついていた。

あえて彼を淫靡に挑発して愉しむのは、日常茶飯事だった。

赤面して困惑する情けない青年の姿を見ると、胸のすく想いがした。

もっと困らせてやりたいと無理難題をふっかける様は、ワガママ放題に映ったかもしれない。

そんな、なにをしても反抗してこないはずと思いこんでいた直人から、まさかあのような仕打ちを受けるとは、夢にも思わなかった。

紗良はグジュグジュと卑猥に湿った精液まみれの手袋にそっと鼻を近づけては、立ちのぼる精臭に鼻腔を苛まれて顔をしかめる。

「ンアァ、ひどいニオイだわ。鼻が曲がりそう。直人のヤツ、私の大切な手袋をよくもこんなに汚して……。あんなにだらしなくゆるんだ顔を見たのは、はじめてだわ。アソコを手で撫でられるのが、そんなにも気持ちよかったのかしら……」

紗良自身も、上質な絹の手袋に両手を包むとなんとも安らいだ心地がするため、すべらかな感触を非常に気に入っていた。

直人も、本人は隠しているつもりだったようだが、手袋を塡めた手で触れてやると心地よさげに顔をゆるませる姿がたびたび見られた。

そんな反応が愉快でならず、手を近づけるそぶりを見せてはあえて触れなかったりと、からかったりもした。

とはいえ、主従の関係を超えてあそこまで暴走するほどに手袋へ執着しているとは、思いもしなかった。

「くんくん……うぷっ。アァ、なんておぞましいの。不快きわまりないわ。こんなものをためこんでいただなんて、これだから男という生きものは……」

紗良はむせる汚臭を嗅いでは美貌を曇らせ、湿った吐息を漏らす。

直人が従順なだけの青年ではなく、その本性は歪んだ劣情を秘めた一匹の獰猛《どうもう》な牡なのだと実感する。

そんなケダモノをそばに置いていたことに、ゾクゾクと背すじが震えた。

「……ハッ？　いつまでこんなものを嗅いでいるのよ、私ったら。汚らしい」

しばし濃密な精臭に悪酔いしていた紗良だが、ようやく我に返ると、摘まんでいた指を放して汚れた布地をポイとくずかごに落とした。

そしてウエットティッシュで指を何度も繰り返し拭い、精臭が残っていないことをたしかめてから、臭気が漏れぬようにくずかごの袋をしっかりと密閉した。

「ふう。これでようやく、あの不快なニオイの素《もと》がなくなったわね。アァ、なんだかひどく疲れたわ。直人にどうやって償わせるかは明日また考えるとして、今夜はもう寝てしまいましょう」

紗良はクローゼットから新たな就寝用の絹手袋を一双取り出すと、シュルシュルと嵌める。

両手を包みこむすべらかで清潔な感触に、ようやくあのおぞましいぬめりから逃れられた気がして、ほうっと安堵の吐息を漏らす。

そして天蓋つきの豪奢《ごうしゃ》なベッドへ潜りこむと、枕に頭を預けて瞳を閉じる。だが、いくら精臭が霧散してアロマが室内を満たしても、安眠はなかなか訪れなかった。

瞼《まぶた》の裏には、猛々しく屹立《きつりつ》した牡の象徴が、今もはっきりと焼きついている。

鼻先に突きつけられた瞬間、その迫力を前にして蛇に睨まれた蛙《かえる》のように動けなくなり、雄々しく脈動する様を息を呑んで見つめるしかなかった。

男などに怯んでしまい、悔しくてたまらぬはずなのに、なぜだか下腹部がジーンとうずいた。

寝心地のよいシルクのパジャマに包んだ全身も、じっとりと寝汗をかいている。

自分でも気づかぬうちに、手がそろそろと胸もとへ伸びてゆく。

絹手袋に覆われた長くしなやかな指が胸の突起へそっと触れた瞬間、生まれてはじめて味わう鮮烈な快美感が、ピリピリッと身体を走りぬけた。

紗良は布団のなかでクイッと腰を浮かせ、全身をヒクヒクと身悶えさせた。

「ンアァッ。い、今のはなに……胸の先がしびれて……アァ……」

未知の感覚をたしかめるように、薄布に包まれた指先でクリクリと胸の先端を撫でまわす。

そのたびに甘いしびれがチリチリと生じ、肢体が熱くほてる。

誰にも触れさせたことのない乳首が、ピクピクとはしたなくふくらんでゆく。

無垢《むく》な令嬢はぎこちない手つきでおっかなびっくり胸の先をいじっては、アン、アンと甘い声を漏らす。

すると不意に、先ほど直人が見せた、ゆるみきっただらしない顔が浮かんだ。

紗良がはずした手袋を陰茎に巻きつけた青年は、はちきれそうにふくらんだ勃起を情けないほど夢中になって扱きたてていた。

股間は敏感な急所だと聞くが、それほどまでに心地よかったのだろうか。

紗良自身は、手袋を塡めた手を擦り合わせてすべらかさをたしかめることはあっても、局部に触れるようなはしたないまねは経験がない。

生真面目《きまじめ》な青年を狂わせるほどの圧倒的な快美感に、ふと興味が湧いた令嬢は、右手をおずおずと股へ忍ばせてゆく。

パジャマズボンの内へ挿しこみ、下着の上から小ぶりな陰核をキュッと摘まむ。

その瞬間、乳首から生じた刺激を何倍も超える電撃のごとき強烈なしびれが、ビリビリッと全身を駆けめぐった。

「ヒッ、ヒイィッ。アァッ、な、なんなの。瞼の裏が、チカチカして……」

紗良はあまりの衝撃に呆然とすくみあがる。

しかし肉体は、はじめて知った淫靡な快感を求めて勝手に動き出してしまう。

無意識に右手で陰核を、左手で乳首をクリクリといじっては、甘くせつない喘《あえ》ぎを漏らして悩ましく肢体をくねらせる。

「アン……アンッ。ダメ……指が止まらないわ。この私が、こんなはしたないまねをするだなんて……。アァ、胸の先が……アソコの突起がしびれる……。私の身体、どうなってしまったの。きっとこれも、直人のせいよ……アッアッ」

もとよりワガママな気質の令嬢は、目の前にある快楽への興味を抑えることなどできなかった。

本能に突き動かされるがまま、鋭敏な突起をいじりまわす。

この夜、紗良は生まれてはじめて自慰の快感に溺れ、すべらかな絹手袋にしっとりと汗が染みこむまで己の身体を慰めつづけた。

だが拙い指遣いでは、快楽の頂点に達することはかなわなかった。

悶々《もんもん》としたうずきを抱えたまま、眠れぬ夜を過ごしたのだった……。

2

直人は絶望の淵にあった。

ひとときの劣情に負け、大恩ある令嬢を穢してしまったのだ。

紗良に突き飛ばされてようやく我に返ったときには、すでにあとの祭りだった。

部屋を飛び出していった彼女を追いかけて謝罪すべきかとも考えたが、どれだけ謝ったところで、きっと許されることはないだろう。

直人に待つのは、もはや破滅の未来のみだ。

しかし、解雇されることや犯罪者の烙印を押されるのが恐ろしいわけではない。

ただ、初恋の相手である令嬢の姿をそばで見つめることがもう二度とかなわないのがつらい。

明日になればおそらく、直人の蛮行に対する沙汰が言いわたされるはずだ。

彼女の両親や、あるいは姫島家の実権すべてを握る今なお健在な祖母の前へ、罪人として引き立てられるかもしれない。

とても眠れるような気分ではなく、自室の小さな冷蔵庫から珍しく缶ビールを引っぱり出した。

紗良のお世話に対するストレスが限界に達したら飲もうと買い置きしておいたまま、数週間入れっぱなしだった、キンキンに冷えた缶の中身をグイと勢いよく呷《あお》る。

「んぐっ、んぐっ……。ゲホッ。ゴホゴホッ。うう……きついな」

飲みなれていない酒を一気に流しこんだせいで、喉が熱く焼け、頭がクラクラした。

それでもこの最悪な気分でまんじりともせず朝を待つよりは、いくらかマシに思えた。

泡立つ金色の液体を、間を置かずにグイグイと喉へ流しこんでいると、やがて三本目が半分ほど減ったところで視界がグルグルとまわりはじめた。

「うあぁ……クラクラする……。今なら眠れそうだ……」

直人は全裸のまま、簡素なベッドへ体を投げ出した。

こうしてやわらかな寝床で眠るのもこれが最後かもしれない。

そんなことをぼんやりと考えつつ、瞼の重さに負けて目を閉じた。

3

（うーん……頭がガンガンする。最悪の気分だ……。でも、どうしてだろう……。下半身だけは、震えるほどに気持ちがいい……）

窓の外から、小鳥のさえずりが微かに聞こえてくる。

もう朝だろうか。

就寝前に慣れぬ酒を大量に飲みほしたせいか、二日酔いで頭が痛む。

そろそろ主人を部屋へ起こしにゆく仕度をせねばならぬ時間だが、体が鉛のように重くて起きあがれない。

（まあ今日でクビになるのだろうから、もう執事としての務めを果たす必要もないのだろうけど）

ただでさえ寝起きは機嫌がすこぶる悪い令嬢だ。

顔を会わせたらどんな罵倒を浴びることだろうと思うと、足がすくむ。

それでも、せめて最後まで執事としての役目をまっとうしようと、直人は覚悟を決めて瞼を開く。

いまだ甘くくすぐったい謎の快美感にじんわりと襲われている股間を、霞《かす》んだ目を凝らしてぼんやりと見つめる。

するとと、想像もしていなかった光景が目に飛びこんできた。

なんと大きく股を開いた直人の足の間で、パジャマ姿の令嬢がチョコンとうずくまり、朝の生理現象でいきり立つ股間をサワサワと撫でていたのだ。

「あら、ようやく目を覚ましたのね。主人よりもあとに起きるだなんて、やっぱり執事失格ね。昨夜はあんなにもたくさん汚らしい汁を吐き出したくせに、またこんなにも大きくして……。このケダモノ」

光沢を放つ下ろしたてと思《おぼ》しき純白の絹手袋に両の手を包んだ紗良が、ニヤニヤと意地の悪い笑みを浮かべ、ピンと指で陰茎をはじく。

指先が触れた瞬間、軽い痛みと、それ以上に鮮烈な快感が股間から全身へと走りぬけ、直人はうめきを漏らした。

「くうっ。お、お嬢様、いったい、なにを……。ぐっ。う、動けない」

体を起こそうとしたが、腕が引っ張られて起きあがれない。

そこではじめて、両腕が紐《ひも》で縛られ、ベッドの縁にくくりつけられているのに気づいた。

「フフ。無様な恰好ね。動いてはダメよ。アナタにはこれから、私にあんな粗相を働いた罰をたっぷりと受けてもらうのだから」

イタズラっぽく微笑んだ令嬢が、勃起した肉棒の根元から肉幹を通って裏スジまでを、極上のすべらかさを持つ薄布に包まれた指先でツツーッと撫でる。

湧きあがるもどかしくも心地よい感触に、腕をくくられ、身動きを封じられた直人は、腰だけをクイと浮かせてカクカクと打ち震わせた。

「あうぅっ。い、いけません、お嬢様。そんなものに触れては……」

「昨夜は強引に私の手を取ってさんざん握らせたくせに、今さらなにを言っているのよ。女の指に軽く触れられただけで情けなく悶えるみっともない姿を、たっぷりとコレで収めてあげるわ。覚悟なさい」

紗良は左手の人さし指で肉棒をツンツンとつつきながら、右手でスマートフォンを取り出した。動画撮影モードになった画面には、直人の股間が映っている。

「お嬢様……動画の撮り方を知っていたのですね」

紗良は他者に干渉されることを極端に嫌い、スマホも所有してはいるものの、ほとんどの時間はブランドもののバッグに放りこんだままだ。

そんな彼女が、慣れぬ機器の操作を直人に押しつけることなく使いこなしている姿に妙な感慨を覚え、直人は状況に似合わぬ感想を漏らした。

「フンッ。この程度のこと、当たり前でしょう。たしかに最初は少し手間取ったけれど……。アナタが私を起こしにも来ないで、マヌケ顔でイビキをかいているのだって、きっちりと録《と》ってあるんだから」

何度か操作を間違いつつも、紗良は直人が全裸で眠っている動画を再生してみせる。

そして再び動画撮影モードを起動すると、ベッド脇のテーブルへスマホを立てて置き、薄布に覆われた手のひらで直人の股間をサワサワと弄びはじめた。

「うあぁっ。お嬢様、おやめください……くうぅっ」

「少し股間を撫でられただけで、大の男がみっともなく喘いで……。情けないったらないわ。アナタには今日から毎日、知られたら表を歩けないほどの恥をたっぷりとかかせてあげる。それが飼い犬でありながら主人を穢した罰よ」

襲いかかるもどかしい快感に身悶える直人の姿を、紗良はイタズラな笑みを浮かべて見つめ、愉しげに呟く。

思いもよらぬ言葉に、羞恥と快感の狭間《はざま》でうめきをこぼしながら、直人は驚きの表情で紗良を見つめる。

「うう、そ、それはどういう……。大奥様にご報告なされて、僕は執事を解雇になるのではないのですか」

「アナタをクビにするなんて、いつだってできるでしょう。そんなことで、辱めを受けた私の気持ちは鎮まらないわ……。直人、アナタには、もっともっと生き恥をかかせてあげる。私に無様をさらしつづけて一生を過ごすのよ」

紗良は勝ちほこった顔でそう告げる。

たしかに、プライドの高い彼女がもし今の直人と同じ目に遭わされたなら、舌を嚙みかねないほどの屈辱に苛まれることだろう。

だが直人にとっては、これからも初恋の相手である令嬢に仕えるのを許されることは、なによりの幸福であった。

「ああ、紗良お嬢様、なんて寛大な……。うぅ、ありがとうございます」

「どうして礼を言うのよ。こんな目に遭わされているというのに……。屈辱的すぎて、頭までおかしくなったのかしら」

感謝を述べる直人を、紗良は怪訝《けげん》な顔で見やる。

そして反り立った男の鋭敏な急所を、ピン、ピンと指で何度もはじいて弄んだ。

「ぐっ。お、おやめください。そこは刺激に弱くて……ああっ」

「アハッ。そうよ。その歪んだ顔が見たかったの。私を穢した罰よ。もっと無様に鳴きなさい」

令嬢はさらに、すべらかな布地に覆われた手のひらで、ピシッ、ピシッと肉幹や睾丸を軽く打ちすえ、折檻する。

かと思えば、触れるか触れないかの絶妙なフェザータッチで裏スジや玉袋の表面をスス―ッと撫であげる。

淫靡な快楽責めを前に、腕を縛られた直人は髪をかきむしることもかなわない。

情けなく腰を上下させては、ブルブルと勃起を揺らして悶絶する。

大の男が自らの細指に翻弄される様を、紗良は優越感に満ちたなんとも愉しげな表情で、ニヤニヤと見下ろしていた。

それからどれだけの時間、弄ばれていただろうか。

怒張は天井を向いて雄々しく反り返り、大きく開いた尿道口からは、ひっきりなしにぬめる先走り汁が滴りつづけている。

「ちょっと……この汚らしいぬめりを止めなさい。手袋についたらどうしてくれるのよ」

下ろしたての大切な手袋を汚されるのを嫌い、紗良は肉棒の根元をそっとつかんで固定し、亀頭を何度もティッシュで拭う。

しかしそのたびに粘った汁を吸いこんで、グジュグジュと卑猥に汚れ、瞬く間に使いものにならなくなり、何枚も無駄に消費されてゆく。

「そうおっしゃられても、自分では止められないのです……うあぁっ。強く擦らないでください」

鋭敏な亀頭の表面をグリッと乱暴にティッシュで撫でられ、直人が腰を揺らす。トプッとあふれた先走り汁は、とうとうティッシュから紗良の指先へと伝わり、穢れなき手袋をクチュリと汚した。

「キャッ。お汁が指先について……。よくもやったわねっ」

短気な紗良は、怒りに任せて直人の怒張をギュッと手のひらで握りしめる。

だがその強い刺激はいっそうの快感をもたらし、飛沫《しぶき》が先端からピュピュッと飛び散った。

「うぐぅっ。お、お嬢様、乱暴に握らないでください。苦しいです……くあっ」

「私の手袋を汚した罰よ。こうやって乱暴に握られると、苦しくてたまらないのね。なら、もっとイジメてあげるわ。ほら、ほらっ」

一度汚れてしまえば、あとはどれだけ汚れても同じと考えたのだろうか。

情けなくうめく直人に気をよくした令嬢は、ガシュッガシュッと乱暴に肉棒を扱きたてはじめた。

「ヌルヌルがどんどんあふれてくるわよ。手袋がネチャネチャになってしまったじゃない。ンアァ、不快なニオイも撒き散らして……」

そう言いつつ、紗良は自ら肉棒に美貌を寄せて小鼻をヒクつかせる。

口では不平をこぼしながらも、生々しい牡の匂いを嗅ぐことに倒錯した興奮を覚えているようだ。

「こんなに穢れては、もう処分するしかないわね。もちろん、コレも弁償してもらうわよ。この調子で何双も汚しつづけたら、お給金が残るどころか、借金がふくらむ一方ね。そうなったら、アナタは一生、私にひざまずくしかないのよ。アハハッ」

「そ、そんな……。一生、お嬢様の下で……」

意地悪く笑う令嬢だが、裏を返せば、彼女にこれからも使役されつづけるのだということになる。

これから毎日のように淫靡な責め苦を受けるのだろうかと想像し、直人はブルリと腰を震わせ、亀頭からドプドプと大量の先走りを垂らした。

「アンッ。またこんなに、ぬめりをあふれさせて……。布地に染みこんで、手袋どころか指にまでネチャネチャとへばりついてきたわ。いやらしいニオイが私の手に染みついてしまったら、どうしてくれるのよ」

言葉につまりながらも、紗良は肉棒を扱く手を止めようとはしない。幼き少女が公園で泥遊びに夢中になるように、これまでは不快だと敬遠していた粘ついた感触すらも愉しんでいるようで、直人を執拗《しつよう》に責めたてる。

「くうっ。も、申し訳ございません。ですが、こんなに気持ちがいいのは、はじめてで……くあぁっ。勝手にカウパーが、あふれて止まらないんです……」

「カウパー……精液とは違う、この透明なヌルヌルのことね。まったく、どこでそんな卑猥な言葉を覚えてきたのかしら。それに、男にとってココは急所なのでしょう。乱暴にイジメられて心地よいだなんて、やはりアナタはヘンタイね」

呆れて呟く紗良だが、大量の先走り汁が潤滑油となることにより、令嬢のたおやかな手のひらが肉棒を握りしめる行為そのものが極上の快感を生み出していた。

右手で肉幹を、左手で玉袋をギュッギュッと揉《も》み、搾られると、えもいわれぬ鮮烈な刺激が股間から全身へ走りぬけ、直人はのけぞって悶える。

青年の過剰なまでの反応に興味をそそられたか、性知識の薄かった令嬢は瞬く間に要領をつかみ、快楽の縁へと追いこんでくる。

やがて抑えきれぬほどの射精衝動がふくれあがり、怒張は紗良の手のなかで許しを乞うようにブルブルと震えあがった。

「うあぁっ。お、お嬢様、これ以上はおやめください。このままでは、また貴女《あなた》を汚してしまいますっ」

「もう一度、あの汚らしい汁を撒き散らそうというのね。ダメよ。許さないわ。そのまま情けない姿をさらしつづけなさい」

紗良は左手の親指と人さし指で輪っかを作り、怒張の根元をギュッと締める。

そのうえで、すでに粘液まみれとなった手袋がペットリと貼りついた手のひらで、ガシュガシュと乱暴に肉幹を扱きたてた。

昨夜、強引に手淫をさせられたことへの意趣返しだったのだろう。

だが紐で固く縛ったならいざ知らず、女の力では完全に尿道を塞ぐなどできるはずがない。

射精を封じるどころか、通り道が狭まったせいで、かえって勢いが増し、猛り狂う白濁液が尿道を間歇泉《かんけつせん》のごとく駆けのぼる。

「うぐぅぅっ。む、無理です。出ますっ……。射精するっ」

「キャアッ」

圧倒的な快感とともに、第一射が天井へ届くほどにブビュルルッと盛大に噴きあがる。あまりの勢いに、紗良は愛らしい悲鳴をあげ、慌てて左手で亀頭へ蓋をする。肉棒は何度も熱く脈打ち、上質の絹手袋ごと令嬢の手のひらをドロドロに穢してゆく。

「ヒイィッ。ア、アツいわ。手のひらが、あっという間にネバネバで塗りつぶされて……。は、早くこの汚らしい汁を止めなさいっ」

「うあぁっ。ふ、不可能です。すべて出しきるまでは止まらない……くうぅっ」

直人はまたも主人の言いつけを破り、穢れなき手のひらをこれでもかと汚しつくしてしまう。

ようやく射精が鎮まったころには、室内にはムワムワと昨夜以上の精臭が充満していた。

亀頭にかぶせられた令嬢の手のひらは、純白の手袋がすっかり変色しており、ダラダラと何本も白濁液が糸を引いて滴っていた。

「ンアァ……またこんなにも私の手を汚して……。昨日あんなにたくさん吐き出したくせに、今日もまたこれほど撒き散らすだなんて。いったいどうなっているのよ、アナタのココは」

射精の余韻に今なお震えている怒張を、紗良はどこかしっとりと潤んだ瞳で呆然と見つめている。

「申し訳ありません。こんなに出たのは、はじめてで……ああ、すごかった……」

「なにを喜んでいるのよ。これは罰だと言ったでしょう。プライドだけは無駄に高い上流階級の男なら、舌を嚙むほどの屈辱でしょうに……。アナタのようなヘンタイ相手じゃオシオキにならなかったようね。スンスン……アァ、ひどいニオイだわ……」

呆れて呟くと、精液まみれになった左手に鼻を近づけ、美貌を歪めつつも何度も匂いを嗅いでいる。

どうやら精臭を嗅ぐのがすっかり癖になったようだ。

「ともあれ、アナタの情けない姿はすべて録画させてもらったわ。こんなものが世に出たら、生きてはいけないでしょうね。アナタはこれから、私に媚びへつらって機嫌を窺いながら生きるしかないの。わかったかしら」

スマホに手を伸ばした紗良は、直人が射精した瞬間の動画をさっそく再生して、ニヤニヤと見せつけてくる。

たしかに気が遠くなるほど屈辱的ではあった。

だが実際にこの動画が世に出まわった場合、社会的な損害が大きいのは顔が映りこんでしまっている、姫島家の令嬢である紗良のほうだろう。

その事実に気づいていない世間知らずな令嬢の拙い脅しを、しかし直人は贖罪《しょくざい》の意味もこめ、従順に受け入れる。

「わ、わかりました……。どんな罰も受けますので、どうかこれからも、紗良お嬢様にお仕えさせてください」

直人の返答に、紗良はなんとも愉快そうな笑みをこぼす。

「そう。フフッ、よい心がけね。いいわ、これからもたっぷりイジメて、かわいがってあげる……。ほら、これはご褒美よ。汚れた手袋を集めるのが好きなのでしょう? ありがたく思いなさいな」

紗良は精液まみれになった手袋を、中指部分を引っ張ってズルリとはずし、直人の股間へポイと放った。射精を終えて萎えた陰茎に湿った布地がベチャリと当たり、ぞわっと不快感がひろがる。

しかし、これからどんな淫靡なイタズラで弄ばれるのだろうかと想像すると、尿道から残り汁がビュルッと漏れ出てしまうのだった……。

第四章　屈辱の先の甘美な快楽

1

主人である紗良に粗相を働いた直人だが、表向きは大きな環境の変化はなかった。紗良が祖母に言いつけた様子もなく、現在もなお令嬢の専属執事として屋敷に住みこんで仕えている。

だがその裏では、男を弄ぶ喜びに目覚めた令嬢による、淫靡なからかいが続いていた。

執事として身のまわりの世話をしていると、ときおり主人と二人きりとなる瞬間が訪れる。

ある日の午後、アフタヌーンティーの用意をして紗良の自室を訪れると、暇を持てあましたワンピース姿の紗良が、上質の白い絹手袋に包んだたおやかな両手を擦り合わせる姿をわざと見せつけてきた。

今度は紅茶をこぼさないようにしなければと細心の注意を払いつつも、視線はまたも彼女の手もとへ釘づけになってしまう。

すると令嬢はニヤニヤと意地の悪い微笑を浮かべてにじり寄り、上目遣いで直人の顔をのぞきこみ、囁《ささや》く。

「直人、またいやらしい目で私の手袋を見つめていたわね」

「い、いえ。決してそのようなことは……」

慌てて否定し、視線を逸らすも、紗良は納得しない。

目の前で手のひらを妖しく擦り合わせては、シュリシュリと衣擦《きぬず》れの音を立て、直人のフェティッシュな性癖を刺激してくる。

「嘘《うそ》をおっしゃい。アナタのいやらしい視線に、私が気づかないとでも思っているのかしら。このスベスベのシルクでたっぷりと撫でまわされたいと思っていたのでしょう。白状なさいな」

耳朶《みみたぶ》にふうっと熱い吐息を吹きかけられると、情けなくも甘美な尋問に屈してしまう。

直人はコクコクとうなずき、罪を認めた。

「うう……。は、はい。僕はまた、執事という立場でありながら、お嬢様の手袋を填めた麗しい姿に魅了されていました」

自白する直人を、紗良はなんとも愉快そうに目を細めて見つめる。

「フフン。最初からそう言いなさいよ。ほら、素直に言えたご褒美よ」

すべらかな布地に覆われた手のひらが、直人の顔をサワサワと撫でまわす。

えもいわれぬ甘美な心地よさに襲われ、直人はたちまち表情がゆるむ。

「ちょっと撫でてあげたら、だらしない顔をして……。息を弾ませ、舌を垂らして、まるで発情した犬そのものね。さあ、しゃがんでワンと鳴きなさい」

あまりにも屈辱的な命令に、直人はブルッと体を震わせる。

しかしすでに大きな過ちを犯し、弱みを握られている青年には、主人へ抗うことは許されない。

おずおずとその場へしゃがみこむと、プライドを捨てて犬の鳴きまねをする。

「くうっ。……ワ、ワンッ」

「アハハッ。本当に鳴くだなんて、なんて情けないのかしら」

紗良は愉快そうに高笑いを響かせる。

男として最大の屈辱を味わわされ、直人はがっくりとうなだれる。

そこでからかいが終わっていれば、青年は高慢な女主人に対して大きな不満をくすぶらせていたかもしれない。

しかし紗良は笑いすぎて涙の滲んだ目尻を人さし指で拭うと、まるで飼い犬をかわいがるがごとく、直人の頭を絹手袋で撫でた。

「こうして撫でていると、アナタが屋敷へ来たばかりのころを思い出すわね。投げたボールを何度も拾ってこさせて遊んでいたら、お母さまに叱られたけれど……。アナタはご褒美をもらえてうれしそうだったわよね」

紗良はティースタンドからショコラを一粒摘まむと、手のひらに乗せ、直人の口もとへ差し出した。

「ほら、お食べなさい」

漂う甘い香りに、直人はゴクリと唾を飲む。

だが先日、舐めようとした瞬間に手を引っこめてからかわれたことを思い出す。

しばしためらっていると、紗良が手を軽く揺らし、ショコラを手のひらの上で転がした。

「安心なさい。今度は取りあげたりしないから。さあ、早く食べないとショコラが溶けて、手袋が汚れてしまうでしょう」

布地が汚れたら、またどんな理不尽な理由で折檻されるかわからない。

直人は意を決し、手は使わずに顔だけを寄せ、紗良の手のひらへ舌を伸ばす。

先日と違って寸前でかわされることなく、舌ですくい取ったショコラはコロンと口内へ転がった。

有名パティシエの作る一粒で数千円はする高級ショコラの味が、口いっぱいにひろがる。

しつこくない上品な甘さに頰が落ちそうになり、直人は思わず目を細めた。

しかしショコラよりも、一瞬だけ唇に触れた上質な絹の、極上のすべらかな感触の方が直人の心をとらえて放さなかった。

「うれしそうな顔をして。そんなにおいしかったのね」

「ワンッ。……はっ。い、いえ、その……」

反射的に犬の鳴きまねで返事をしてしまい、直人は顔を真っ赤にして俯く。

紗良はその反応が愉快だったのか、上機嫌でショコラをもう一粒摘まみ、手のひらへ乗せて差し出す。

「フフッ。ペットとしてのふるまいがわかってきたようね。さあ、もう一粒あげるわ。遠慮せず食べなさい」

心を揺さぶる甘い香りに、男としてのプライドがひび割れ、砕ける。

（屈辱だけれど、お嬢様がお喜びになるのなら……）

直人は再び口を寄せ、紗良の手からショコラを一粒、また一粒と頬張る。

従順にふるまうたびに左手で頭をやさしく撫でられて、絹手袋のもたらすたまらない心地よさに頬がゆるんだ。

室内に漂う淫靡な雰囲気に紗良も身体がほてり、手のひらを覆う布地にも熱が伝播《でんぱ》してしまったのだろうか。

いつしか純白の絹に、小さな茶色い染みがひろがっていた。

甘い匂いを放つ汚れを、直人はゴクリと唾を飲んで見つめる。

「あら。結局、手袋が汚れてしまったじゃない。どうしてくれるの」

責めるというより愉しんでいる様子で、紗良が尋ねてくる。

「舐めて、きれいにさせていただきます……」

飼い犬になりきった直人は、ショコラの乗っていない紗良の手のひらへ舌を伸ばす。

ペチョリと舐めあげると、令嬢はくすぐったそうに身震いした。

「アンッ。大切な手袋が、男の唾で汚れて……」

呆然と呟くも、激昂する様子はない。

唾液が付着した手のひらを、瞳を潤ませて見つめている。

直人はさらに舌を動かし、令嬢の絹手袋をベチョベチョと舐めまわして唾液まみれにする。

「アッァアッ。私の高貴な手を、手袋ごとこんなに汚すだなんて……」

驚きの表情で見つめているものの、紗良は手を引っこめようとはしない。

直人は恭しく令嬢の手を取ると、長くしなやかな人さし指をパクリと咥《くわ》えこむ。

「ああ……。絹手袋に包まれたお嬢様の上品な手は、どんな高級なショコラよりもおいしく感じられてしまいます……」

「ンッ、ンッ……。そ、そんなはずがないでしょう。こんなまねをさせられて喜ぶのはアナタだけよ。やっぱり直人はペットがお似合いだわ……アァンッ」

一本一本、丁寧に指をしゃぶると、紗良はピクピクと身悶えて甘い声をあげつづけた。

しばし夢中になって令嬢のたおやかな手を絹手袋ごと味わっていたが、唾液の付着していない部分がなくなったころ、紗良はスッと手を引っこめてしまった。

「も、もういいわ。いつまで舐めているつもりよ。これ以上はつき合っていられないわ」

自分から舐めさせたというのに、ワガママ令嬢は赤くなった頰をふくらませ、理不尽に叱りつけてくる。

名残惜しく思うも、直人はそれ以上の奉仕を諦めた。

紗良はコホンとひとつ咳払《せきばら》いすると、ひざまずく直人にビッと人さし指を突きつけ、居丈高に言い放つ。

「ともかく、もしまた私にいやらしい視線を向けてみなさい、アナタの飼い主として、しっかりと躾をしてあげるわ。さあ、遊びの時間は終わりよ。さっさと出てゆきなさい」

「は、はい。失礼いたします」

直人は一礼すると、主人の部屋をあとにした。

飼い犬扱いに屈辱感を覚えていたはずが、いつの間にか主人にじゃれつく行為にのめりこんでしまった。

次はどんな辱めを受けるのだろうかと想像すると、叱責を受けたばかりだというのに、股間がふくらんでしまうのだった。

一方、自室から直人を追い出した紗良は、扉に背を預けて大きく息を吐いた。

「ハァ……。直人ったら、少しはイヤそうなそぶりを見せなさいよ。ひざまずいたまま、ショコラだけじゃなく私の手を手袋がグチュグチュになるまで舐めまわして……ンンッ……」

大量の唾液がじっとりと染みこんだ絹手袋を見つめて、呆然と呟いた。

粘ついた感触を不快に思う一方で、身体は無性にほてっている。

「ちょっとからかうだけのつもりだったのに……。甘やかしすぎたかしら」

上質な絹手袋で撫でてやると、青年は本当に心地よさそうに、だらしなく頬をゆるませた。

その姿はまさに愛玩動物そのもので、ついついイジメたくなり、ちょっかいをかけてしまう。

数日前までは、直人の唇や舌が触れる寸前にあえて手を引っこめて、残念そうな顔を優越感を味わいつつ見下ろすのを好んでいた。

だが、射精の強烈な快感に悶える姿を目の当たりにしてから、もっとさまざまな表情顔が見てみたいという好奇心が日に日に抑えられなくなっていた。

湿った手袋を見つめていると、ムラリと昂りを覚える。

紗良は慌ててブンブンと首を横に振り、妙な気分を振り払う。

「なにを考えているのよ。私は高貴なる、姫島の娘なのよ。直人のような、すぐに発情するケダモノとは違うんだから」

柔肌へ不快に貼りつく布地を引っ張り、汚れた手袋をなんとかはずし、テーブルへ放り投げた。

そして自室を出ると洗面所へ向かい、冷水でぬめりを洗い流し、ハンドソープを念入りに泡立てて入念に手を清める。

「ふう。少し落ちついたわ。ペットと遊んであげたあとは、しっかり手を洗わなくてはね」

直人は愛玩動物にすぎないのだと、改めて己に言い聞かせる。

洗面台の鏡をのぞきこめば、頬のほてりも鎮まり、いつもの自信に満ちた高慢な美貌が戻っていた。

「ダメね。直人と二人きりでいると、いつの間にかアイツのペースに巻きこまれて、おかしな気分になってしまうわ。勝手なまねをしないように、もっときつく躾《しつ》けてやらなくちゃ……。そうだわ」

しばし思案しているうちに、より淫靡なイタズラを思いついたワガママ令嬢は、パッと笑顔の花を咲かせる。

次は直人の顔をどんなふうに情けなく歪ませてやろうかと想像すると、ニヤニヤと頬がゆるんでしまう。

紗良は上機嫌に鼻歌を奏でつつてほくそ笑み、新たな下ろしたての絹手袋をたおやかな手にシュルリと嵌めるのだった。

2

四月も半ばの土曜日。

この日、市場調査を兼ねて銀座《ぎんざ》にある高級デパートへ向かう紗良を、直人は運転手として送りとどけた。

真紅のワンピースに身を包んだ令嬢は、有名ブランドの立ちならぶフロアを、直人を引きつれて興味深そうに見てまわる。

「あら、あの新作のデザイン、なかなかじゃない。アナタはどう思う？」

「はい。お嬢様にならよくお似合いになると思います」

ファッションにはうとい直人だが、麗しき令嬢ならどんな衣服も華麗に着こなすであろうと容易に想像できたため、素直な感想を口にした。

気をよくした令嬢は、ウインドショッピングを続けてゆく。

だが満足のゆく品が見当たらぬのか、やがて退屈そうにあくびを噛み殺しはじめた。

「ふぁ……。今ひとつおもしろみのないデザインばかりね。やっぱり、おばあさまのお作りになった服がいちばんだわ。もっとも、いずれ私がおばあさまを超えて業界のトップに立つのだけれど。……あら。あれは……」

紗良が次に関心を持ったのは、ブライダルコーナーであった。

清らかな光沢を放つ純白のドレスを、紗良はしげしげと眺めている。

男を見くだし、結婚願望など持ち合わせていないように思える高慢な令嬢も、ひそかに花嫁衣装への憧れを抱いていたのだと知り、直人は温かな心地になる。

しかし、どうやらそれは勘違いであったらしい。

店員と話して一双の白い絹手袋を試着しはじめ、紗良はしなやかな指にシュルシュルと穢れなき布地をまとわせると、直人に手のひらを見せつけてきた。

「ねえ、直人、花嫁用のこの手袋をどう思うかしら。決して穢してはならない、無垢な純白……。どんな邪《よこしま》な感情も、浄化してくれそうだと思わない？」

グッ、パッと手をゆっくりと開いては閉じを繰り返し、令嬢は上目遣いで尋ねた。

「は、はい。とても清らかで、美しいです……」

そう答えたが、頭のなかはたちまち淫猥な妄想でいっぱいになってゆく。

青年の視線が手もとへ釘づけとなっているのに気づいたか、紗良はニィッと淫靡な微笑を浮かべた。

「ウフフ……。どこを見ているの？」

そして店員の死角で直人だけが気づくようにさりげなく、ピンと立てた左手の人さし指を筒状にした右手でそっと包みこみ、シュコッシュコッと動かしてみせた。

手淫を想起させる卑猥な動きに、直人はいけないと思いつつも股間がふくらみ、前《まえ》屈《かが》みになってしまう。

予想どおりの反応に満足したのか、紗良は試着した手袋を塡めたまま店員に声をかけて会計を済ませる。

退店し、ツカツカとヒールを鳴らして歩き出す主人の背を、直人は慌てて追いかけた。

「お待ちください、お嬢様。どちらへ……」

無言のまま令嬢が向かった先は、フロアの隅にある人気のない踊り場だった。二人きりとなったタイミングを見はからってクルリと振り向くと、なんともイタズラな微笑を浮かべ、耳もとに唇を寄せてそっと囁いた。

「直人、またこっそり私の手を盗み見て、アソコをふくらませていたわね。しかも、神聖なウェディンググローブを目で犯して発情するだなんて……このヘンタイ」

「そ、それは……。ううっ。も、申し訳ございません」

言葉を濁すが、すべらかな布地に覆われた指先で衣服の上からとはいえ、胸板を撫でられると、言葉につまってしまう。

さらに、しなやかな指先に乳首をクリクリといじられてゾクゾクとした感覚が湧きあがり、罪を認めるしかなかった。

「ダメよ。許さないわ。アナタのようなケダモノには罰が必要ね。両手を壁について、尻を突き出しなさい」

屈辱的な命令に体が震えるも、直人は逆らわず、素直に従う。

紗良は愉しげな笑みを浮かべて右手を振りかぶり、ピシャッ、ピシャッとズボンの上から平手で青年の尻を打つ。

「うぐっ。お嬢様、おやめください。こんなところを誰かに見られては、姫島家の名に傷が……」

「アナタがところかまわず欲情するのがいけないのでしょう。股間をふくらませた執事を連れて歩いているほうが恥ずかしいわ。飼い主として、しっかり躾をしないとね。折檻されるのがイヤなら、さっさと小さくしたらどうなの」

正論を浴びせられても、すべらかな手のひらが触れるたびに尻が震えてしまう。

勃起の先端から先走り汁が滲み、パンツが不快に湿ってゆく。

「アハッ。情けなく腰を揺らして、みっともないったらないわね。素直におねだりできたら、私の手で鎮めてあげてもいいわよ」

甘美な誘惑に、直人はゴクリと唾を飲む。

「うう。そ、それは……」

しばしの間、欲望と理性がせめぎ合う。

やがて針が片方へ大きく傾き、直人は望みを伝えるべく、口を開く。

だがどちらを選択したかを声に出す前に、令嬢のしなやかな指が限界までふくらんだ青年の股間をピンとはじいた。

「くあっ。な、なにを……」

「まさか本当にしてもらえるとでも思ったの。するわけないでしょう、こんな場所で。

ほら、これをあげるからさっさと処理してらっしゃいな。みっともない」

紗良は呆れたように呟き、購入したばかりのウェディンググローブをシュルリと手からはずし、直人の顔にギュムッと押しつけた。

「一階の喫茶店で待っているわ。十分間だけ時間をあげる。それ以上待たせたら、置いて帰るわよ。ああ、言っておくけど、その手袋の代金はアナタのお給金から天引きですからね。フフ、今日もタダ働きね」

「ううっ。は、はい。わかりました」

直人は令嬢の温もりが残る純白の手袋をおずおずと受け取ると、言いたいことは山ほどあったが胸にしまい、紗良をその場に残してトイレへと駆けこんだ。

個室にこもるとズボンを勢いよくずり下ろし、情けなくも屹立した肉棒をボロンと取り出した。

強制的に買い取らされた純白の布地を片方は股間に巻きつけ、もう片方は鼻に近づけて匂いを嗅ぐ。

さんざんからかわれて滾っていた劣情は、すぐさま形となって熱くこみあげる。

「ああ、くそっ、あの性悪お嬢様め。ところかまわず僕を挑発してっ。くうっ、出るぞ。貴女の代わりにこの手袋を、思いきり穢してやるっ」

密室で一人きりになった直人は、面と向かっては言えぬ愚痴をこぼすと、怒張を激しく扱きたてる。

そしてたまりにたまった不満とともに、煮えたぎる精液をビュルルルッと洋式便器のなかへ大量にぶちまけたのだった。

3

デパートから帰宅したあと、紗良はシャワーを浴びてから自室へ戻った。

麗しき裸体にバスローブのみをまとった令嬢は、ご機嫌な様子で天蓋つきのベッドへ身体を投げ出し、にんまりと口端を歪める。

「フフ……アハハッ。今日も傑作だったわね。アイツの情けない顔を思い出すだけで、笑いがこみあげてくるわ。本当に楽しませてくれるわね、直人ったら」

ひとしきり笑い転げると、用意しておいた新たな絹手袋をシュルシュルと手に塡め、光沢を放つ様子をうっとりと眺める。

「それにしても、コレクションがだいぶ減ってしまったわ。このところ、毎日のように直人へ与えているものね……。いくつも汚れた手袋を買い取らされて、いったい今月はいくら手もとにお給金が残るのかしら。こんな調子じゃ、絶対にここを出ていけないわね」

薄布に覆われた手を絹の感触をたしかめるようにスリスリと撫でつつ、令嬢はニヤニヤと意地の悪い笑みを浮かべる。

「この私を一度でも穢した罰よ。アイツには一生を賭けて償ってもらうんだから。さて、今夜はどんなふうにイジメてやろうかしら……」

しなやかな指に弄ばれて、なすすべなく快楽にうめく青年の顔を思い浮かべると、えもいわれぬ優越感がこみあげるとともに、身体がじんわりとほてる。

いつしか紗良は、バスローブの胸もとに右手を忍ばせ、美乳の形をたしかめるように、サワサワと撫でる。

そしてプクッとせり出した乳輪を親指と人さし指で摘まみ、はしたなくとがった乳首をコリコリと指先でいじりはじめた。

「アッ、アッ……。なんだか以前より胸の先が大きくなってしまった気がするわ。それもこれも、アイツのせいよ。もっときつい折檻をしてやらなければ……ンアァッ」

淫欲に目覚めて自慰が癖になってしまった責任も直人になすりつけ、紗良はたどたどしい指遣いで性感帯を刺激しつづける。

しかしある程度の満足感は味わえるものの、完全に満たされることはなく、日に日にせつないうずきが積もる一方だ。

「ンン……ダメよ。もの足りないわ。この程度の刺激じゃ、直人が射精するときに浮かべていた心地よさそうな顔になんて、とうていなれない……。どうして下僕であるアイツのほうが、私よりも大きな喜びを得ているのよ。おかしいじゃないの」

幾度も直人を極上の射精へと導いているうちに、いつしか紗良は圧倒的な快感を前にして喜びにむせぶ青年を、羨ましく思うようになっていた。

悔しそうに唇を嚙むと、己を慰める手を止めて、シーツの内側へ潜りこんだ。

そのままふて寝しようとするものの、中途半端に肢体がほてった状態では眠気も訪れず、何度も寝返りを打つばかり。

不満はまたも直人へと向けられてゆく。

「うう……イライラするわ。こうなったら、今夜もまた。アイツをイジメて……。そうだわ。あのいやらしい直人なら、射精と同様の快感を得る方法も知っているんじゃ……」

妙案を思いついたとパッと顔を輝かせる紗良だが、すぐに複雑な表情になる。

快楽を得る指南を直人に受けるとなると、自慢の肉体を彼に触らせる必要があるだろう。

姫島家の誇り高き令嬢として、はたして許される行為なのか。

しばし唸《うな》りながら思案する紗良であったが、やがてひとつの結論に至った。

「そうよ。直人を人間扱いするからいけないんだわ。アイツは私の下僕。ペットにすぎないの。触れられたところでなんだというの。大型犬がじゃれついてきたからって、本気で叱る飼い主はいないわ。寛大な心で受け止めてやるだけよ」

紗良は無理やりな理屈を並べて、己の選択を正当化する。

それほどまでに彼女のなかで、快楽への渇望が強まっていた。

こうしてワガママ令嬢は、未知の快感を求めて新たな一線を踏み越える決意をしたのだった。

4

時刻は夜の十一時。

ふだんならば自室に戻っている時間だが、執事という特殊な雇用形態においては、主人に呼び出されれば執務も継続となる。

「紗良お嬢様、お呼びでしょうか」

直人は執事服姿で、主人の部屋をノックする。

その手には三本線の入った手首丈の白い手袋を塡めていた。

これだけは必ず身につけてくるように、と厳命されている。

「やっと来たのね。入りなさい」

扉の向こうから、入室を許可する声が聞こえた。

「失礼いたします。……なっ？」

静かに扉を開け、中へ向かって一礼した直人は、顔を上げると思わぬ光景が目に飛びこんできて、言葉を失った。

長い黒髪をポニーテールに結わえた紗良は、自慢の完璧なプロポーションを眩い金色のレオタードに包み、腰に手を当てて悠然と立っていた。

長くしなやかな両手足は、白い肘上ロンググローブと膝上ニーハイソックスで、それぞれピッチリと覆われている。

全体的な露出自体は少ないものの、かえって肩や腋《わき》、太ももといった肌が見えている部分が強調されて、よりなまめかしさが増して見えた。

驚きに呆然と立ちつくしていると、令嬢の声が飛ぶ。

「いつまでぼさっと突っ立っているの。さっさと中に入りなさい」

「は、はい。ただいま」

室内に足を踏み入れると、フワリと嗅ぎなれない香りがした。

新しいアロマでも試したのだろうか。

どこか魅惑的な甘ったるい香りに、なぜだかドキドキと胸が高鳴る。

そんな状態ではワガママ令嬢の悩ましい肢体をとても直視できず、視線を逸らしてその場に立ちつくした。

すると紗良は、にまにまと意地の悪い笑みを浮かべて直人にスッと近づき、上目遣いで顔をのぞきこんできた。

「フフン、意外に鼻が利くみたいね……。どうしたの、目を逸らして。まさかまた主人である私をいかがわしい目で見て、欲情しているんじゃないでしょうね。このケダモノ」

つまりながら、令嬢はすべらかな手のひらをピトリと股間に重ねてくる。

ズボンの下では言い訳のしようがないほど、陰茎が猛々しくいきり立っていた。

「お昼にデパートのトイレで、しっかりオナニーはしてきたのでしょう。それなのに、私のレオタード姿を見ただけでまたこんなにもアソコをふくらませて……。まったく、呆れてしまうわ。アナタはやっぱり発情期の犬なのね」

「くうっ。も、申し訳ございません……」

犬扱いされて唇を嚙むも、直人は抵抗を示さなかった。

屈辱の先には甘美な快楽が待つと、わかっているからだ。

体の力を抜いて身を任せる直人だが、しかしこれまでと違い、令嬢のたおやかな手はスッと離れてしまった。

「なにか勘違いしているんじゃないの。私はアナタを喜ばせるために呼び出したわけではないのよ」

紗良はクルリと背を向けると、ストレッチ用のマットを床に敷いた。

そして直人に背中を向けたままマットの上に腰を下ろし、大きく開脚した。

「最近、身体がだるいのよ。ストレッチをするから、背中を押してちょうだい」

「えっ。よ、よいのですか。お身体に触れることになってしまいますが……」

これまでいくつものワガママを聞いてきたが、身体に触れるような指示は珍しい。

困惑していると、紗良が振り返らぬまま呟いた。

「かまわないわ。そのために手袋をしてくるように命じたのだから。ほら、早くなさいな」

紗良の頬は、ほんのりと赤くなっているように見えた。

直人はゴクリと唾を飲むと、そろそろと令嬢の背中へ両手を添える。

手袋越しではあるが、レオタードのツルリとした感触と、その下の女体が持つしっとりとしたやわらかさが、じんわりと手のひらに伝わってきた。

思わず背中をスリスリと撫でまわすと、紗良の肢体がピクピクッと震えた。

「アンッ。こらっ、誰が撫でろと言ったのよ。くすぐったいでしょ。私は背中を押しなさいと言ったの。勝手なまねをすると承知しないわよ」

「ああっ。も、申し訳ありません、つい……。あまりにもスベスベだったもので……うう」

思わず直人は言い訳にもならぬ弁解をしてしまう。

すると紗良はそれ以上叱りつけはせず、小さな笑みをこぼした。

「クスッ。そうね。アナタはスベスベしたものが好きだものね、捨てておくように命じた私の手袋を、こっそりしまっておくくらいに……。今もまだ持っているの？」

「は、はい。大切に保管してあります。宝物ですので……」

いつもより距離が近いせいか、つい本音がこぼれてしまう。

「ふぅん……。やっぱり変なヤツね」

しかし令嬢は執事の特殊な嗜好《しこう》をとがめはせず、ポツリと呟くだけだった。

それからしばし、室内には男女の微かな息遣いだけが響いた。

紗良の肢体は直人のアシストなど必要ないほど柔軟性に富んでいて、軽く押しただけで上半身がペタリと床についてしまう。

ツンと前に突き出た形のよい美乳が床に圧迫されてムニュリと変形する様子を、直人は背後からそっと盗み見る。

知らぬ間に興奮で手に力が入っていたのか、紗良の口から小さなうめきが漏れた。

「ンンッ。ちょっと、強く押しすぎよ。つぶれちゃうでしょ」

「す、すみません。それにしても、お嬢様は身体がやわらかいですね」

ごまかすように話題を変えると、紗良は得意げに笑みを浮かべて話に乗ってきた。

「フフン。とうぜんよ。幼いころからクラシックバレエで美しさを磨いてきたのだもの。そういえばアナタも一度、発表会に招待したことがあったわね。高校生のころだったかしら」

紗良の言葉に、直人も記憶を探る。

「はい。ステージで舞い踊る紗良お嬢様のお姿は、とても美しかったのをよく覚えています。ピンと先まで伸びたしなやかな手足が舞台に映えて、スポットライトを浴びて輝く金色のレオタードもまた神々しいほどに眩くて……あっ」

そこまで話して、直人は紗良が身につけているのが、当時と同じレオタードであることに気づいた。

「フフッ。ようやく気づいたの。鈍いわね。そうよ。これは私が昔、発表会で着ていたものよ。アナタがポカンと口を開けて私の踊る姿に見入っているのが、舞台の上からもよく見えたわ。あまりのマヌケ顔に、笑いをこらえるのが大変だったんだから」

からかわれて、直人は赤面する。

少年のころから、どれだけぞんざいに扱われても、この美しくも高慢な令嬢に視線を奪われっぱなしだったと、改めて実感させられた。

「それにしても、久しぶりに着たけれど、このレオタードもさすがに少し小さくなっているわね。ンンッ」

紗良が小さく呟き、身を捩る。

なんとも悩ましく見えるのは、令嬢の肢体が当時よりも女らしくまるみを帯びて成長したからだろう。

レオタードが食いこみ、尻肉がムッチリとはみ出しているのをこっそりと盗み見て、直人はゴクリと唾を飲んだ。

「ふう。だいぶ身体がほぐれてきたわ。それに、なんだかほてってきたわね……。もう手を放していいわよ」

「かしこまりました」

名残惜しさを感じつつも、直人は紗良の背中から手を放す。

直接肌に触れぬようにと塡めていた手袋には、いつしかじっとりと汗をかいていた。

身体を起こし、紗良は両手の指をからめて組むと、天井に向けてグッと伸ばした。

背すじをまっすぐに伸ばし、首をグルリとめぐらせ、疲労が蓄積していた肉体をほぐしてゆく。

黒髪をポニーテールに結わえていることで、ほんのりと赤く色づいたうなじが背後からチラチラとのぞく。

柔肌がしっとりと汗ばんだことで、ムンとした色香が立ちのぼり、直人もまた頭がのぼせてゆくのを感じた。

改めて、麗しの令嬢と二人きりなのだと意識してしまい、股間にグングンと血流が集まり出す。

それでも、また暴走して失望させるわけにはいかないと、こみあげる劣情を懸命に抑えこむ。

しかしそんな直人の葛藤を知りもせず、紗良は背中を向けたまま自らの肩を指さす。

「直人、肩を揉んでちょうだい」

「は、はい」

再び触れる許可を与えられた直人は、おずおずと両肩に手を添える。

レオタード越しではないやわらかで吸いつくようなナマ肌の感触が、手のひらに伝わってくる。

そのまま両肩を撫でつづけていたかったものの、言いつけに従い、手に力をこめて、グッ、グッと指圧してゆく。

「ンッ。アッ……。そうよ。上手じゃない。そのまま続けなさい」

柔肌に指が沈むたびに、なまめかしい吐息と小さな喘ぎが瑞々《みずみず》しい唇から漏れる。

心地よさげな声がもっと聞きたくて、敏感に反応するところを指で探りあてては、より力をこめて、グリ、グリとほぐしてやる。

「ンンッ……ンアァッ……。本当に上手ね。アナタ、奉仕の才能があるわよ。私が見こんだとおりだわ。執事に選んだ私の目に間違いはなかったわね……ンッ」

「ありがとうございます」

男としては少々複雑だが、その自分でも気づいていなかった秘めた才能のおかげで憧れの令嬢のそばにいられるのだから、感謝せねばならない。

手袋越しとはいえ、はじめてじっくりと女体に触れて、興奮と感動で直人の股間は完全にいきり立っていた。

それでも懸命に理性で衝動を押し殺し、紗良の肩をほぐすことに集中する。

いつしか令嬢の肢体は、カァッと朱に色づいていた。

うなじから薫る色香もムンと濃密さを増し、直人の鼻腔を埋めつくし、脳がクラクラと揺さぶられる。

（うう、ダメだ。このままじゃ、自分を抑えられなくなる……）

時間にすれば数分ほどだったろうが、生殺しの直人には永遠のように長く感じられた。

肩を揉みほぐしていた手が、なだらかな肩のラインをなぞりつつ脇腹へと伸びかける。

しかし粗相を働く前に、ロンググローブに覆われた紗良の手が直人の手をキュッとつかんだ。

「も、もう肩はいいわ。次は……ココをほぐしなさい」

令嬢の手に導かれた先は、レオタードをツンと押しあげる、彼女の豊かなふくらみであった。

手のひらいっぱいに伝わる極上のやわらかさを堪能するより先に、思いもよらぬ行動に、直人は激しく動揺する。

「お、お嬢様、胸に手が、当たっています……」

「……当てているのよ。最近、なんだか胸が張って仕方がないの。自分で触れてみても、今ひとつほぐれた感じがしないのよね。だから……アナタの手でほぐしてちょうだい」

顔は前に向けたまま、紗良はそう命じる。

声色は少しうわずっており、耳は真っ赤になって細かく震えている。

(お嬢様、いったいどういうおつもりなのだろう。いつものからかいにしても、度が過ぎている。本当に、触ってもいいのだろうか)

令嬢の意図が読めず、直人はレオタード越しに乳房へ手のひらを重ねたまま逡巡《しゅんじゅん》する。

するといつまで経っても動かぬのに焦れたのか、紗良が重ねた直人の手ごと、自らの胸を、グニッ、グニッと揉みこんだ。

「いつまでジッとしているのよ。私の命令が聞けないの。ほら、こうやって揉むのよ……ンンッ。アッ……ンァッ」

ひと揉みするたびに、甘い喘ぎが令嬢の唇から漏れ出る。

わずかな圧力が加わるだけで、美乳がムニュンと悩ましく形を変える。

レオタード越しに、えもいわれぬ吸いつくような感触と、手のひらが溶けてしまいそうなほどの心地よさがひろがる。

（ああ、なんてやわらかいんだ。これが女性の……紗良お嬢様の乳房なのか。たとえ、からかわれているのだとしても……この感触を堪能できるのなら……）

直人は意を決すると、両手の指に力をこめて、ムニッ、ムニッと美乳を揉みしだいた。

「アンッ。アッ、アッ……。なんて乱暴な手つきなの。私の胸が、こんなにも形を変えて……ンアァッ」

そう呟くも、紗良は直人を制止しようとしない。

淫猥に変形する己の乳房に、吐息を弾ませて見入っている。

「もう少し力を弱めたほうがよろしいですか。これくらいでいかがでしょう」

直人は揉み搾る動きから表面を撫でまわす動きへと愛撫の仕方を変え、紗良に具合を尋ねる。

直人自身も興奮で息が荒くなっていたのだろう。鋭敏な耳朶に熱い吐息を吹きかけられるかたちとなり、令嬢はピクピクッと肢体を身悶えさせた。

「んふぅっ。……ダメよ。かえってもどかしいわ。もっと強く刺激しなさい」

令嬢を気遣って乳への軽い愛撫に切りかえたのだが、かえって不満げに胸を前へ突き出してくる。

ならばと直人は手に力をこめ、望みどおりに、グニッ、グニッと深く揉みこんでやる。

指先はいともたやすくレオタードごと柔肉にツプツプと沈んでゆくものの、乳房の奥にはしっかりとした芯があった。

まるで完全に屈服するのを拒むように、直人の指を押し返してくる。

気位の高い令嬢にふさわしい弾力たっぷりの美乳を、夢中になってグニュグニュと揉みたくる。

薔薇の花びらを思わせる紗良の唇もうっすらと開いたまま閉じなくなり、愛らしい喘ぎがとぎれずにこぼれ出る。

甘い声音に耳をくすぐられ、愛撫の手にもますます力がこもった。

「アンッ、アンッ。アァ、胸がアツいわ。芯からうずいている……」

紗良は潤んだ瞳で呆然と、揉みたくられてひしゃげる己の乳房を見つめている。

直人の視線も、自然と紗良が見つめる先へ向けられる。

乳房の先端はぷっくりとせりあがり、豆粒のような乳首がピンととがってレオタードを押しあげている様子がまるわかりだった。

直人は乳房を揉む手を止めぬまま、人さし指でクリクリと乳首をいじった。

紗良はピクピクッと肢体を震わせ、背すじを仰《の》け反らせる。

「ひうっ。だ、誰が先っぽをいじっていいと言ったの。勝手なことをしないで……アッアッ」

「とても苦しそうに震えていましたので……。いけませんでしたか」

親指と人さし指でレオタードごと乳首を摘まみ、コシュコシュと扱きたてて尋ねる。

紗良は鋭敏な突起への愛撫にクネクネと身を捩るも、直人の手を払いはしなかった。

「ま、まあ、いいわ。そのまま続けなさい。もっと力強く、たまったうずきを搾り出すのよ……」

令嬢の言葉どおり、揉みほぐされるうちに乳輪だけでなく、乳房全体がパンパンに張りつめ、レオタードを押しあげて、前にせり出していた。

ならばと直人は紗良の細くくびれた柳腰を抱くように両腕をまわし、右手で左の、左手では右の乳房を握る。

背中から密着し、うなじに鼻を寄せて、汗ばんだ甘い体臭をたっぷりと嗅ぎ、思うさま美乳を揉みたくった。

「アンッ、アンッ。そ、そんなにくっつかないでちょうだい。鼻息が当たって、んふぅっ、くすぐったいわ」

「こうしたほうが、力がこもるものですから。ああ、それにしても、なんてかぐわしい薫りなんだ……。どんな高級ワインよりも酔わされてしまいそうだ」

直人自身は口にした経験は少なかったが、紗良のグラスに幾度も注いできたため、ワインの薫りについてある程度は理解している。

こうして密着していると、どんなビンテージワインよりも芳醇な薫りが鼻腔をくすぐり、強烈な酔いがまわってゆく心地がした。

うっとりと呟く直人に、紗良はニッと優越感に満ちた笑みを浮かべた。

「フフ。鼻息を荒くしてじゃれついちゃって……。本当にアナタは犬のようね。いちいちペットのすることに腹を立てても仕方がないものね。今だけは許してあげるわ。感謝なさい」

乳への愛撫に甘い声を漏らしているくせに飼い犬扱いしている高慢な令嬢に、直人は少々ムッとする。

ならば本当に愛玩動物になりきってやろうと、イタズラ心が湧きあがった。

密室で美女の甘くかぐわしい体臭を嗅ぎすぎて、本当に悪酔いしてしまったのかもしれない。

無防備なうなじに、背後からムチュリと吸いついた。

「ヒィッ。ちょ、ちょっと、なにをしているの。私の肌に、勝手に触れるだなんてっ。アンッ。ダメよ、舐めないで。首に汚らしいヌルヌルが……アッアッ」

「今の僕は、紗良お嬢様のペットですから。大好きなお嬢様に、たくさん甘えさせてください……」

令嬢のしなやかな肢体を腕にスッポリと抱きすくめ、夢中になってうなじを吸い、舐め、柔肌を味わいつくす。

紗良はたしなめはするものの、本気で逃れようと暴れたりはせず、甘い声を漏らして身を捩るばかり。

ますます調子に乗った直人は、勃起した股間をレオタードからはみ出た尻たぶへグリグリと擦りつけた。

「ンンッ。おしりに硬いものが当たっているわ。また発情しているのね、このケダモノ。アンッ、アンッ。そんなに強く揉んだら、お乳がつぶれちゃう」

「こんなに近くでお嬢様の乳房に触れ、甘い匂いを嗅がされて、平静でいろというほうが無理ですよ。それにお嬢様も、興奮しているのではないですか。ほら、レオタードの上からでもはっきりわかるほど、乳首がこんなに立ちあがって……」

何度も根元から乳房を揉みしだいたことで、はしたないほどにぷっくりとせり出した乳首を、ギュッと強めに摘まみあげる。

走りぬけた鮮烈な刺激に、紗良はおとがいを反らしてビクビクと身悶え、せつない喘ぎを漏らす。

「ヒアァッ。摘まんではダメッ。しびれるのっ」

「気持ちがいいのですね。こうして何度も強く刺激してやれば、うずきも鎮まるはずですよ。僕は全体を揉むのに集中しますから、先っぽは、お嬢様自身がいじってください」

いつしか主導権は完全に直人へと移っていた。

ワガママ令嬢を意のままに操る優越感に浸りながら、淫猥な指示を出す。

「どうして私がそのようなはしたないまねを……。ヒィッ。噛みつかないでちょうだい。やるわ。やるからっ……」

ペット扱いしていた青年の指示に従うことに難色を示す令嬢だが、首すじをカプカプと甘噛みしてやると、根負けして自らの胸にそろそろと手を伸ばした。

ロンググローブに覆われたしなやかな指が、ピコンと立ちあがった乳首を恐るおそる摘まむ。

その瞬間、ひときわ大きく女体が跳ね、うなじから醸される甘ったるい女の香りがムンと濃さを増した。

「ヒィンッ。胸の先がうずくわ。こんなにピリピリするのは、はじめてよ……アッアッ」

ひとたび鮮烈な快感を味わうと、もとより貪欲な性質の令嬢は夢中になって、勃起した乳首をいじりまわす。

耳もとで奏でられるアンアンと悩ましい喘ぎに、直人もまた昂る。

ほんのりと赤く色づいたきめ細やかな柔肌を、背後から舌でじっくりと味わう。

「お嬢様、とても心地よさそうだ……。そんな顔を見ていると、もっと尽くしたくなります。ココはどうですか」

「ヒァッ。耳を舐めるだなんて。アァ、ゾクッとしたわ。おかしくなりそう……。うう、直人にこんな顔を見られるなんて。……いえ、直人だからいいのよ。私のペットなんだもの。どんな顔を見られても気にすることなんて……アンアンッ」

下僕扱いしていた青年にとろけた顔を見られるのに抵抗を感じていたようだったが、紗良は自分に言いきかせるようにそう呟くと、素直に快感を享受しはじめた。

直人は紗良の形よい耳にツツーッと舌先を這わせて形をなぞりつつ、ズボンのファスナーを下ろして、勃起した肉棒をボロンと取り出した。

忠誠と愛情を示す接吻をムチュッムチュッと令嬢のやわらかな頰に何度も重ねてる一方で、先走りの滴る怒張を桃尻にズリズリと直接擦りつけた。

「ンアァッ。おしりがアツいわ。ヌルヌルがひろがって……。アンッ。ほっぺにキス、おやめなさい。家族以外に許したことはないのよ」

身を捩る紗良だが、もし本気で拒絶しているならば、平手打ちが飛んでくるはずだ。

愛撫の快感に酔わされたか、令嬢が寛容になっているのをよいことに、直人はふくれあがる劣情とともに、秘めた想いをぶつけてゆく。

「ああ、お慕いしております、紗良お嬢様……」

食べごろの果実のように赤くほてったふっくらした頰を、何度もついばむ。

名家出身の許婚候補たちが触れることもかなわなかった柔肌へ、無数のキスマークを刻みつけてゆく。

腕にも自然と力がこもり、快感を搾り出すように、グニュグニュとレオタードの上から美乳をこねまわす。

やがて紗良の肢体がヒクヒクッとひときわ大きく、もどかしげに震えあがる。

「アァッ。お乳がうずく。今まで感じたことのないしびれがせりあがってくるわ」

「お嬢様……。胸への愛撫だけで達しそうなのですね。ああ、なんて敏感で、魅惑的な身体なんだ。どうぞ、遠慮なくイッてください。貴女を満足させることが、僕の務めなのですから」

自らの愛撫で恋い慕う令嬢が絶頂に達しようとしている事実に、至上の喜びを覚えた直人は、万感の思いをこめて美乳を芯までギュムッと揉みつぶした。

その瞬間、爆発的な快感がこみあげたのか、紗良は仰け反って身悶えた。

「くひぃぃっ。お乳が爆《は》ぜるっ。私、イクのね。射精を迎えた直人のように、昇りつめてしまうのねっ。アァッ、イクわっ。お乳で……イクゥッ」

甲高い嬌声《きょうせい》とともに、令嬢の肢体がガクガクッと激しく痙攣《けいれん》する。

絶頂に達した証《あかし》か、うなじから濃密な女の薫りがムワンッとあふれ出て、それを吸いこんだ直人の脳をグラグラと激しく揺らした。

「くうぅっ。紗良お嬢様が僕の手で絶頂を……。ああっ、僕ももうイキます。出るうぅっ」

紗良を絶頂へと導いた感動は、直人の昂りも頂点へと押しあげた。

金色のレオタードに押しこまれたしなやかな肢体を砕けんばかりに背後からギュウッと抱きすくめ、尻たぶにグニグニと亀頭を押しつけて白濁液を盛大にぶちまける。

「ヒアァッ。おしりがアツい。ドロドロがへばりついて……。アァ、私、またあの汚らしい汁を……精液を、浴びせられているのね……」

紗良は汚辱感にピクピクと打ち震えながらも、乳への愛撫による絶頂でふぬけてしまったのか、直人の腕から抜け出ることができないでいる。

灼熱の白濁液をビチャッビチャッと激しく打ちつけられては尻たぶをブルリと揺らし、熱く湿った吐息を漏らすのだった……。

第五章　お嬢様はヌルヌルがお好き

1

直人は紗良を後ろから抱きすくめ、うなじに顔を埋めたまま、しばし射精の余韻に浸っていた。

(ああ、またお嬢様を穢してしまった……)

快感が徐々に引いてゆくにつれ、罪悪感がこみあげてくる。

暴走のきっかけは紗良自身が乳房に手を触れさせたせいと言えるが、理屈の通じるワガママ令嬢ではない。

どう弁解するべきか頭をめぐらせていると、正解を導き出すより早く、紗良が憤怒《ふんぬ》に満ちた表情でこちらを振り返った。

「直人……アナタ、また私の許可も得ずに射精したわねっ。こんなにもおしりをドロドロに汚して……許せないわっ」

両手でドンと突き飛ばされて、不意を突かれた直人は、ストレッチマットへ仰向けに転がった。

「うあっ。も、申し訳ございません」

とっさに謝罪するも、激昂する令嬢の姿を前に、折檻を受ける覚悟をして目を閉じる。しかし頰に触れたのは平手ではなく、ムニュリとやわらかな感触だった。

恐るおそる瞼を開くと、上から覆いかぶさってきた令嬢の、胸の谷間に顔が埋もれていた。

「どうしてアナタのほうが気持ちよさそうな顔をしているのよ。今日はアナタを喜ばせるつもりはないと言ったでしょう」

紗良は憎々しげに直人を見下ろし、指で頰をグイッとつねりあげた。

そして無意識だろうか、レオタード越しにもはっきりとわかるピンと立ちあがった乳首を、クニクニとせつなげに直人へ擦りつけてきた。

拗《す》ねたように頰をふくらませる令嬢を見ていると、幼少期に両親へワガママをたしなめられて癇癪を起していた姿を思い出す。

(ああ、この顔には見覚えがある自分の思いどおりにならずにイライラが募ってい表情だ……)

ある意味で家族よりも長いつきあいである青年は、令嬢の抱いた不満を的確に把握した。

プリプリと怒る令嬢を慰めるように、勃起した乳首をレオタードの上からレロリと舐めあげた。

「ヒィンッ。ちょっと、なにをまた勝手なことをしているのよ。ペット風情が、この私の胸を舐めるだなんて、アッアッ」

身を捩る紗良だが、声音にはどこか甘ったるい響きが滲んでいた。

直人は左の乳房をグニグニと揉みしだき、右の乳房に吸いついて、レオタードごとチュバチュバと吸いたてる。

「まだイキたりないのですね……。今夜は僕に奉仕をさせてください。これまで何度も射精させていただいたお礼をしたいのです」

じっくりと舌で愛撫を施してゆくと、紗良は直人の上でクネクネと肢体を悩ましくくねらせた。

「アンッアンッ。なんていやらしく吸いついてくるの。ヌルヌルした唾液がレオタードに染みこんで……ンッンッ。アァ、おぞましいのに胸のうずきが鎮まらない……」

唾液がじっとりと染みこんで卑猥に変色したレオタードを、紗良は唇を震わせて、呆然と見つめている。

濡れた布地が柔肌に貼りつき、はしたなく勃起した乳首だけでなく、ぷっくりとせり出した乳輪の形までもが、くっきりと強調されて浮かびあがっていた。

「舐めれば舐めるほど、ピンと突き出てくる……。お嬢様は潔癖症だとばかり思っていましたが、本当はぬめった感触がお好きだったのですね」

直人の呟きに、紗良は心外だとばかりに首を横に振った。

「そ、そんなはずがないでしょう。こんなの、不快なだけ……ンアァッ。ネバネバでおしりを汚さないで」

乳房への愛撫を続けたまま、紗良の右手を取り、精液まみれの尻たぶに重ねさせる。

すると直人が手を放したあとも、紗良は手袋が汚れるのもかまわず、自分で桃尻に白濁液を塗りはじめた。

「ほら、うっとりとした顔をしていらっしゃいます。僕を射精させてくださったときも、精液を興味深げに見つめていましたものね」

「違うわ。なにをおかしな勘違いをしているの。嗅いでいるとクラクラする、不快なニオイを放つ汚らしい汁に、興味なんて……。ンアァ、手袋にぬめりが染みこんで、手のひらまでグチュグチュに……」

気位の高い令嬢はいつしか卑猥なぬめりに取りつかれ、自ら美尻を撫でまわしては、こみあげる汚辱感に悩ましい喘ぎをこぼした。

心地よさげな紗良を見ていると、今はただよけいなプライドを投げすてて、もっと素直に快楽へ酔いしれてほしいと願ってしまう。

直人は紗良の瞳をまっすぐにのぞきこみ、想いを伝える。

「お嬢様……僕の前では、己を偽らずにいてください。あの日、貴女を穢すようなまねをしてしまった僕を今もこうしてそばで仕えさせてくださっていることに、とても感謝しているのです。僕に貴女の望みをかなえるお手伝いをさせてください……」

「直人……」

己の欲望を満たすためではなく、あくまで紗良に快楽を送りとどけることを念頭に置き、せり出した乳首を舌で愛撫する。

反応をたしかめながら乳輪を吸いたて、舌先で舐め転がし、甘噛みを繰り返す。

紗良はなにかに耐えるようにピクッピクッと肢体を震わせたが、やがてほうっと湿った吐息を漏らすと、自嘲ぎみに薄く微笑んだ。

「そうね……。今さらアナタ相手に取り繕っても、仕方がないものね。アナタには昔から、どんな顔も見せているのだし。ペットを相手に恰好をつけるほうが不自然よね。フフッ」

「はい。僕はもう二度と、貴女を裏切らないと誓います。ですからどうか、なんなりとお言いつけください」

屈辱的に感じていた飼い犬扱いも、今は素直に受け入れられた。

それで主人が安らぐのならと、直人は紗良に尽くすことを誓う。

素直になれないワガママ令嬢は、ほんのりと頬を朱に染めている。

誰にも打ち明けられずに悶々としていた願望を、どんな理不尽な仕打ちを受けてもそばに仕えつづけてきた青年にだけ、そっと小声で伝えた。

「直人……私にもっと、性の快感を教えなさい。ペットのくせに、主人よりも気持ちよくなるだなんて、ずるいのよ。アナタが射精したときに見せるとろけきっただらしない顔を、私にも浮かべさせてみせなさい。これは命令よ」

恥じらいつつもそう命じた紗良の、はじめて見せる照れた姿に、直人の胸がドキッと高鳴る。

改めてこの令嬢に尽くしたいと心から感じた青年は、コクリと深くうなずいた。

「わかりました。誠心誠意、奉仕させていただきます……。では、失礼します」

そして直人はレオタードの肩紐に手をかけるとグイと内に寄せ、紗良の美乳をプルンッと露出させた。

「キャアッ。な、なにをするのよっ」

「ああ、これがお嬢様の乳房……。美しいラインを描きながら、堂々と突き出て……まさに紗良お嬢様そのものです。透きとおるように白く、それでいて先端は赤く熟していて……まるで高級な果実のようだ」

はじめてナマで目にした女の乳房は、えもいわれぬ感動を直人にもたらした。しばし圧倒的な美を誇る流麗なラインに見惚れていたが、フルフルとせつなげに揺れる双乳に誘われて、ムチュリと吸いついた。

「ひぃんっ。アァ、私のお乳が男に……直人に食べられて……アッアッ」

誰にも触れさせたことのない高貴な肉体を味わわれるのを、紗良は甘くせつない喘ぎを漏らし、呆然と見つめている。

とろけた餅のように口いっぱいにひろがった柔肉を、直人は夢中になって吸いたて、ネロネロと先端を舌で舐めまわす。

「ほんのり甘くておいしいです。とろけるようにやわらかで、けれど芯にはしっかりと歯ごたえがあって……。いつまでも味わっていたくなる……」

「よ、よけいなことは言わなくていいわ。アンッアンッ……。ンアァ、吸いたてられるたびに、先っぽがうずく……。ヌメヌメした直人の唾液が、お乳について……私の高貴な肌に、染みこんでくる……」

紗良は左手の人さし指を嚙み、漏れ出る喘ぎ声を懸命に押し殺した。

しかし直人は紗良の手首をつかむと己の下腹部へと導き、猛々しく反り返った肉棒をそっと握らせた。

「ヒッ。アァ、先ほどあんなに射精したばかりで精液もまるで乾いていないのに……。オチ×ポがまた、こんなにもアツく、硬くなって……」

「お嬢様の乳房があまりにも悩ましくて、また勃起してしまいました。ああ、スベスベだったお嬢様の手袋が、チ×ポにへばりついた僕の精液でグチュグチュになってゆく……。ぬめった感触も気持ちいい……」

直人はうっとりと美乳にしゃぶりついては、薄布に覆われた紗良の手のひらへ肉棒を擦りつける。

するとと紗良は不満げに頰をふくらませ、ギュッときつく肉幹を握りしめてきた。

「ンッ、ンッ……。ま、また一人だけ、気持ちよくなろうとしているわね。もしもう一度勝手に射精したら、今度こそ許さないわよ。私はアナタよりも、気持ちよくなるんだからっ……アンアンッ」

「うぐっ。も、もちろんです。たくさん感じてください、お嬢様っ」

肉棒を握りこまれる快感にたまらずうめきが漏れるも、直人は乳房への愛撫に没頭する。

やわらかな美乳が淫猥にひしゃげるほど激しく吸いたてる。

せり出した乳輪をガジガジと甘嚙みして、鮮烈な刺激を送りこむ。

はじけそうなほどはしたなく屹立した乳首を、舌で上下に舐め転がし、恋い慕う令嬢を甘く淫らに泣かせてゆく。

紗良は柔肌を唾液まみれにされる汚辱感と、鋭敏な性感帯と化した乳房から生じる快感に、柳腰をくねらせて身悶えた。

穢れから守るべく身につけたはずのロンググローブは、右手では精液で汚れた美尻を撫でまわし、左手では残滓《ざんし》まみれの肉棒を扱きたてたため、すっかり手のひらがジュクジュクと卑猥な湿り気を帯びていた。

やがて先に絶頂への階段へ足をかけたのは、直人のほうだった。

無意識にガシュガシュと肉棒を扱きたてる紗良によりもたらされる、強烈な手淫の快感に耐えられず、腰をガクガクと浮かせて悶絶する。

「くうぅっ。お嬢様、そんなに激しく扱かれては、射精してしまいます」

「アンッアンッ。ダ、ダメよ。先にイッたら許さないって言ったでしょう。私ももう少しで、ンンッ、達しそうなの。さっきアナタに揉みくちゃにされたときよりもすごいのが、アッアッ、来そうなのよっ」

紗良の美乳もまたパンパンに張りつめ、とがった乳首がヒクヒクと震えつづけている。

直人は懸命に射精を堪《こら》えると、先に紗良を絶頂に導くべく、レオタードからまろび出た乳房を両手でそれぞれグニュウッと握りつぶす。

「ンアァッ。それ、すごいわ。お乳が壊れるぅっ」

「ああ、紗良お嬢様、思いきりイッてくださいっ」

苛烈《かれつ》な乳への愛撫に悶絶する令嬢をさらに追いたてるべく、淫猥にくびり出された乳輪に、ガブッと嚙みついた。

「ンヒィッ。イクッ……イクウゥッ！」

自慢の美乳に歯形を刻まれ、爆発的な快感が脳天を駆けめぐったのか、紗良は甲高い嬌声を響かせて、ビクビクと全身をわななかせた。

絶頂に達した瞬間、手のひらにも力がこもり、射精を寸前で耐えていた肉棒を強烈に圧迫した。

「うぐぅっ。ぼ、僕もイキます。出るぅぅっ」

紗良の絶頂を見とどけた直人は快感を堪えるのをやめ、こみあげる快楽に身を任せて盛大に射精した。

ぶちまけられた精液は、絶頂に弾む紗良の乳房にビチャビチャと付着する。

金色のレオタードとともに乳肌が、白濁液でドロドロと染まってゆく。

「ンアァ……アツい汁が、お乳にかかって……。粘ついて気色が悪いのに、身体がほてる……。もっと浴びたいと思ってしまうの……」

潔癖だったはずの令嬢は、これまでは嫌悪していたであろうぬめりを陶然とした表情で受け止めた。

さらなる放出をねだるように、射精中の肉棒をコシュコシュと手で扱きたてては、もう片方の手で美乳に自ら白濁液を塗りたくるのだった……。

2

一度快楽を受け入れた令嬢は、さらなる快感を得るのにもはや躊躇《ちゅうちょ》することはなかった。

絶頂の余韻で力の抜けた肢体を直人に抱きかかえられてベッド上へと移動すると、柔軟性に富んだ肢体をカパッと百八十度開脚して、さらなる奉仕を命じた。

直人はせがまれるまま、レオタードの上から令嬢の秘唇をなぞってやる。

軽く触れるだけで、股布にグジュグジュとはしたない染みがひろがった。

「アァンッ。いいっ、いいわ。オマ×コ……気持ちいいっ。お乳だけでは味わえないしびれが、撫でられるたびに湧きあがるの。これが、性器を刺激される快感……。直人ったらこんなものを独り占めしていたのね。ずるいわ、アンッアンッ」

アンアンと甘い声をあげつつ頬をふくらませる令嬢を、直人は指遣いを止めぬまま愛おしげに見つめる。

「紗良お嬢様、なんて心地よさそうなんだ……。これまで何度も射精させてくださったお礼に、まだまだこのオマ×コへ奉仕させていただきますね。よろしいですか」

尋ねると、紗良は白濁液まみれになった乳房をロンググローブが汚れるのもかまわずにネチャネチャと撫でまわしながら、コクコクとうなずく。

「ええ、許可するわ。もっと私に、すごい快感を与えなさいっ」

令嬢の許しを得た直人は、濡れて貼りついたレオタードの股布を指でグイと脇にずらす。

すると大量の愛蜜に濡れて輝く、楕円形の秘唇が露《あらわ》になった。

じっくりと眺めたいところだったが、あまり羞恥心が高まると、紗良が我に返って拒絶するかもしれない。

令嬢が冷静さを取り戻す前に、ぽってりとした恥丘にかぶりつき、ムジュルルッと音を立ててむしゃぶった。

布越しとは段違いの快感が生じたのか、紗良は仰け反って身悶える。

「アヒィッ。直人にアソコを……オマ×コを食べられてる。なんてまねをするのよ、アンアンッ。直に舌を這わせちゃ、ダメェッ」

よほど心地よいのか、たしなめる声音もどこか甘ったるくとろけている。

直人は言葉ではなく令嬢の反応を信じて、親指を添えて秘唇をクニッと左右に割り開き、媚肉を舌でレロッレロッと舐めまわした。

「可憐なオマ×コが、ピクピクと喜んでいるのがわかります。お嬢様はココもヌルヌルにされるのがお好きなのですね……。僕のことはお気になさらず、どうか存分に酔いしれてください」

直人は震える肉ビラを愛おしげに見つめ、じっくりと舐めあげてゆく。

あまりに鮮烈な快感に、直人の頭を股間から押しのけようとする紗良だが、媚肉が唾液にまみれるたびに力が抜けてゆく。

いつしか令嬢は愛撫の制止を諦め、再び己の乳房に重ねて、もどかしげにグニグニと揉みはじめた。

「アンアン、ンアァッ。そ、そうね。アナタは私のペットですもの。視線を気にする必要なんてないんだわ……。アァン、もっとよ。私のオマ×コを、ふやけるほどに舐めてとろかしなさい」

羞恥より快楽への渇望がうわまわったか、令嬢はクイクイと腰を浮かせて、さらなる奉仕を求める。

直人の脳裏へ不意に、バター犬という卑猥な単語が浮かぶ。

これほど主人が喜んでくれるのなら、愛玩動物扱いも悪くない。

直人はよりいっそう熱をこめて媚肉をねぶり、肉ビラの一枚一枚に吸いついては強くしゃぶりたて、令嬢の処女膣にとろける快楽を送りとどけてゆく。

「アッアッ、ハァンッ。オマ×コがアツいわ。ふやけてしびれて、感覚がなくなってゆく……。はしたないお汁が、あふれて止まらないのよ。もっと強く吸って……しゃぶりついてちょうだい」

膣奥から愛蜜を滾々《こんこん》と滴らせた令嬢は、さらなる快楽を求めて、長年にわたって従順に仕えつづけた青年にしか頼めない淫猥な奉仕をせがむ。

直人は主人の望みをかなえるべく舌先をとがらせて膣内へツプツプと挿し入れ、ネロネロと内側から舐めまわす。

紗良自身はすでに受け入れる態勢にあったが、はじめて異物の侵入を感知した膣口はキュウキュウと収縮し、排除するように舌を締めつけてきた。

(なんて狭くてきつそうな穴なんだ。このなかに挿入してお嬢様とひとつになったら、あっという間に射精してしまうだろうな……)

令嬢とのまぐわいを想像すると、再び肉棒が熱く猛る。

しかし今は己の快楽は二の次に置いて、紗良の股座《またぐら》が唾液と愛蜜でベチョベチョになるまで秘唇をねぶりまわす。

じっくりと膣をとろかしたあとは、指を使って媚肉をこそいでゆく。

舌での愛撫よりもさらに強い快感が媚粘膜をしびれさせたか、紗良はアンアンと愛らしく喘ぎ、肢体をくねらせ美乳を揺らして身悶えた。

媚肉のわずかな蠢《うごめ》きも見逃さず、指先でしっかりと感じとる。

より敏感な部分を探りあてては、執拗に指の腹で刺激してやる。

そして秘唇のつけ根でヒクヒクとせつなげに震えている肉の芽を見つめると、ふうっと熱い吐息を吹きかけてくすぐり、パクリと咥えこんだ。

「ンヒイィッ。そこ、食べちゃ、ダメェッ」

よほど鋭敏な部位なのだろう。

紗良はしなやかな肢体を激しく反らせてビクビクと身悶え、わなないた秘唇からプチュッと愛蜜をしぶかせる。

「クリトリスが気持ちよいのですね。ココは女性にとっての陰茎も同然だと聞きます。皮を剝いてさしあげますから、どうかたくさん感じてくださいっ……」

直人は持てる知識を総動員し、恋い慕う令嬢を快楽の極致へと追いこんでゆく。

包皮を剝きあげて陰核を無防備にすると、ムチュリと吸いたて、レロレロと舌で舐め転がして、ぬめる唾液を塗りたくった。

「アンアンッ、アヒィッ。ク、クリトリス……女の子の、オチ×ポッ。アァッ、ヒクヒクが止まらないわ……キンキンとうずいて、おかしくなるぅ」

紗良は精液まみれになったロンググローブの貼りついた人さし指をせつなげに嚙み、鮮烈な快感を必死で耐えしのんでいる。

もっと甘い声で泣かせてやりたい願望が抑えられず、直人は陰核を甘嚙みしながら膣の上壁を指でこそぐ。

突起の密集した性感帯を、執拗に責めたててやる。

「ヒィンッ。オマ×コも、クリトリスもしびれるの。淫らなうずきが鎮まらない……ダメになってしまうわっ」

とうとう紗良は声を殺すのを諦め、膣への愛撫で大胆に喘いでは、自らも乳房を揉みしだいて快楽を求めてくる。

絶頂を迎えることで、脳をしびれさせつづける快感から逃れようとしているのだろう。

ならばと直人も、さらに愛撫へ熱をこめる。

ウネウネと蠕動《ぜんどう》が止まらぬ膣口を執拗に指の腹でなぞりまわし、悩ましくくねる肢体を絶頂へと追いたててゆく。

「オマ×コがすぼまって、僕の指を締めつけていますよ。イキたくてたまらないのですね」

「アッアッ。ええ、そうよ。イキたいのよっ。な、直人……私を思いきり激しくイカせなさい。早くっ」

もはや紗良は快楽への渇望を隠しもせず、従順な執事へ淫らな命令を下す。

直人はコクリとうなずくと、ジュルジュルと卑猥な音を立てて、陰核を思いきり吸いあげた。

そして包皮が捲《めく》れて剝き出しになった紅玉を、ガジッと嚙みつぶした。

「アヒイィッ。イクッ……イクウゥッ！」

紗良はとうとうグイィッと腰を高く浮かせ、ビクンビクンと全身をわななかせて絶頂を迎えた。

クパッと大きく開いた秘唇からはブシャブシャと愛蜜が勢いよく噴き出し、直人の手はおろか顔までベトベトに汚していった。

「ああ、お嬢様、達することができたのですね。熱い飛沫が何度も噴きあがっています……。これが絶頂を迎えた女性の、潮噴きというものなのか。お嬢様を満たすことができて、僕も幸せです……」

直人は絶頂にむせぶ愛しき主人をうっとりと見つめ、熱い潮を顔で受け止めながら達成感に浸るのだった……。

3

潮噴きが止まっても、紗良はカパッとはしたなく股を開いたまま絶頂の余韻にヒクヒクと肢体を震わせ、呆然と天蓋を見つめていた。

主への奉仕を終えた直人は、汁まみれになった股間をウエットティッシュで丁寧に拭ってやる。

「紗良お嬢様、満足いただけましたでしょうか。もしまたうずきが鎮まらぬ夜が訪れたなら、いつでも僕をお呼び出しください」

そう告げて、股間に続き白濁液にまみれた乳房を拭おうと、紗良の胸もとへ手を伸ばした。

しかし呆《ほう》けていたと思われた令嬢は直人の手首をギュッとつかむと、恨めしげな顔でジロリと睨みつけてきた。

「はぁ、ふぅ……。なにを勝手に、終わりにしようとしているのよ。誰が満足したと言ったの。……まだよ。まだ満たされないわ。もっと私を、身体のなかから喜びで埋めつくしてみせなさい」

紗良は右手で直人の手をつかんだまま、左手を蜜まみれの恥丘へ伸ばし、長い指で秘唇をクニッと左右に割り開く。

丁寧に拭ったにもかかわらず、膣内から垂れこぼれた愛蜜で、再び内腿《うちもも》がベットリと濡れてきた。

「ですが、これ以上は……」

令嬢の求めに気づいた直人は、さすがに逡巡する。

精液で柔肌を汚しただけならば洗い落とせば済むが、それ以上の一生消えない刻印を、その身に刻みつけろと言うのか。

困惑する直人を見つめた紗良は、ニィッと愉快そうに口角を上げると、右手を股間へと伸ばしてきた。

「この私に穢れた汁を浴びせる度胸があるかと思ったら、妙なところで尻ごみをして……。まったく、おかしな男ね。アナタだって、私とまぐわうことを思い浮かべながら、コレを硬くしていたのでしょう。それとも、手袋で扱かれることにしか興味がないのかしら？」

令嬢の問いかけに、直人は慌ててブンブンとかぶりを振る。

「そ、そのようなことはありません。お嬢様とひとつになることを、これまで何度夢見てきたか……。ハッ。し、失礼いたしました」

思わず秘めていた願望を吐露してしまい、直人は慌てて謝罪する。

しかし紗良は気にした様子もなく、絶頂する女体を間近で見せつけられてガチガチに反り立った怒張を、コシュッコシュッと淫猥に扱きたてる。

「フフッ。あれで隠しているつもりだったの。アナタの邪な視線になんて、とっくに気がついていたわよ……。その目でアツく見つめられつづけたせいで、私まで淫らなほてりが鎮まらなくなってしまったのよ。責任を取りなさいな」

紗良は美脚を大きく開き、正常位で直人を迎え入れる。

亀頭が秘唇に触れると、濡れた媚肉がヌチュッと悩ましく吸いついてきた。

湧きあがる快感に、このまま一気に奥まで突き入れたい衝動に駆られる。

それでも懸命に己を律して、改めて紗良に尋ねた。

「ああ、紗良お嬢様……本当によろしいのですね」

「よいと言っているでしょう。この私が、白馬の王子様に純潔を捧げるのをいつまでも夢見ているような小娘だとでも思っていたの。いくら探したところで、私の価値に釣り合う男なんて、どこにもいやしないわ。それなら……アナタがいちばんマシな相手だと思っただけよ」

紗良はそう呟くと、プイと顔を背ける。

その頬はほんのりと朱に染まっていた。

少なくとも、身体を重ねてもよい相手だと見なされるくらいには、憎からず思われているのはたしかなようだ。

直人の胸が、感動で埋めつくされる。

もとより、紗良に恋心を向けられているなどとうぬぼれてはいない。

こうしてこの世でただ一人の、淫欲を満たすパートナーとして選ばれただけで、充分な幸福であった。

「うう、うれしいです、お嬢様。身にあまる光栄でございます。それでは、僕も経験があるわけではないので上手に奉仕できるかはわかりませんが……かならずや、お嬢様を満足させてみせますね。くあぁっ……」

決意とともに、腰を深く沈める。

高貴な令嬢の穢れなき秘唇に、猛る怒張がグプグプと埋めこまれてゆく。

「んくぅぅ……ンアァァッ」

紗良の唇からこぼれ出るうめきが、甲高い嬌声に変化したその瞬間、純潔の証である薄膜がプチンと突き破られた。

そしてきつく狭い膣内を、肉棒がぐっぷりと奥まで埋めつくした。

「アァ……。これが男女のまぐわい……セックスなのね……」

破瓜《はか》の衝撃に紗良は肢体をフルフルと小刻みに揺らし、微かに瞳を潤ませて呆然と呟いた。

直人は肉棒をぬめる柔肉に包みこまれるえもいわれぬ快美感に腰を震わせ、コクリとうなずき返す。

「は、はい……。お嬢様のナカが、僕のモノを包みこんでくださっています。うう、なんて気持ちがいいんだ。チ×ポが溶けてしまいそうです……」

令嬢にしがみつき、湧きあがる感動を熱く言葉で伝える。

しかし紗良はフンと鼻を鳴らし、直人の頬を摘まんでグニッと引っ張った。

「いたたっ。お嬢様、なにをするんですか」

「アナタこそ、なにを一人で勝手に気持ちよくなっているのよ。私を喜ばせるためにしているんじゃないの。奉仕するつもりがないなら、さっさと抜きなさい」

紗良は恨みがましい目で見つめている。

はじめての性交で早くも快感を得ている直人が、羨ましくてならぬのだろう。

直人は首を横に振って否定すると、ゆっくりと腰を動かしはじめた。

「いえ、決してそのようなことは……。では、動きますので、痛かったら言ってください
ね」

破瓜の痛みにひきつっている媚肉を、じっくりと肉棒でほぐしてゆく。

亀頭の笠《かさ》で媚肉を撫でられて、紗良はシーツをつかんでせつなげに悶えた。

「んくっ……くひぃっ。んっ、んっ……んあぁっ」

肉棒のまわりにへばりついていた残滓が、ちょうどよい潤滑油となったようだ。

抽送のリズムは徐々にスムーズになり、令嬢の唇から甘ったるい喘ぎがこぼれはじめた。

「ああ、お嬢様の唇から愛らしい声がします。感じてくださっているのですね」

「ンンッ……。いちいちよけいなことを言わなくていいのよ。アナタは黙って、腰を振っていなさい……アァンッ」

感じているのを気どられたくないのか、紗良は赤らんだ頬をプイと背けて呟いた。

直人はコクリとうなずくと、抽送に意識を集中させる。

穢れなき令嬢の秘穴は、侵入者を排除するかのようにきつく収縮し、肉棒を圧迫してくる。

こみあげる猛烈な快感に思わず腰が震えるも、直人は負けじと怒張をズプズプと突きこんで、膣内を耕してゆく。

挿入を繰り返していると、膣奥からトロトロとぬめりが染み出て媚肉をネットリと覆ってゆく。

すっかりぬかるんで具合がよくなった名器に、直人は夢中になって肉棒の出し入れを繰り返した。

「ううっ。お嬢様のオマ×コ、ヌルヌルで気持ちよすぎます。むしゃぶるように吸いついてきて……くあぁっ。ダメだ、腰が止まらなくなるっ」

直人はとうとう紗良のしなやかな肢体へ上から覆いかぶさり、逃げられぬように上からギュウッと抱きすくめる。

ズブッズブッと膣の深くまで埋めつくすと、搾り出すような喘ぎが令嬢の気高き唇からこぼれ出た。

「アンッ、アンッ。アァ、離れなさい。抱きしめるだなんて、ンアァ、許していないわよ」

「こうしたほうが、深くまで入るものですから……。奥を突くたびに、ナカがジュプジュプとぬかるんでゆきますよ。喜んでいただけてうれしいです」

ひっきりなしにあふれる愛蜜の量から、紗良が性交で快感を得ていると確信した。

より強い快楽を送りこむべく、肉棒で媚肉のわななきを感じとっては、大きな反応を示す場所を亀頭で執拗にゾリゾリとこそぎあげる。

生じた鮮烈な快感に、紗良もいつしか自分から直人の体軀《たいく》にすがりついて腰をくねらせる。

「アヒッ、アヒッ。なんて男なの。私の弱いところを探りあてて、そこばかり責めてきて……ヒアァッ。こんなことで私を支配できるとでも思ったら、大間違いよ……ハァンッ」

「いいえ、そんなつもりは……。僕はただ、お嬢様にも気持ちよくなってほしいだけです。ああ、ココを擦ると感じるのですね。オマ×コがウネウネと悩ましく蠢いて、うう、穴全体にチ×ポが搾られる……」

いいように悶えさせられるのもそれはそれでプライドが傷つくのか、紗良は悩ましい喘ぎをこぼしつつもジロリと直人を睨む。

だが懸命に腰を振る直人もまた快楽にうめいているのを見て、満足げな微笑を浮かべる。

「フフン。ずいぶんと気持ちよさそうじゃない。そろそろ限界かしら。けれど私が達する前に、勝手に射精したら許さないわよ、アンアンッ」

直人にとってもはじめての性交だというのに、ワガママ令嬢は無理難題を強いてくる。

それでも従順な青年は主の言いつけを守り、圧倒的な快感に必死で耐え、しゃにむに腰を振りたくって令嬢を絶頂へと追いたてる。

同時に果てるべくドチュッドチュッと膣奥を何度も突きあげていると、愛蜜のあふれて止まらない膣口がキュキュウッとひときわ強烈にすぼまった。

肉幹にまつわりついてヒクヒクとわななく媚粘膜の様子から、紗良もまた達する寸前であると伝わってくる。

直人は怒張を根元まで膣内に埋めこむと、子宮の入口のコリコリした部分を亀頭でグリグリと執拗に擦る。

ビクビクッと全身を震わせ、紗良はプライドを捨てて直人にギュッと抱きついた。

「ンアァッ。そ、そこはダメェッ。今までにない感覚が……アッアッ……ゾクゾクと駆けのぼってくるのっ」

はしたなく舌を垂らして喘ぐ紗良の心地よさげにとろけた顔を見つめていると、高貴な令嬢もまた一人の女なのだと実感する。

こみあげる愛おしさが抑えられなくなった直人は、腰遣いを止めぬまま、半開きになった濡れた唇にブチュリと吸いついた。

「うむぅっ。な、なにをしているのよ、直人っ。誰がキスまでしていいと言ったの。ぷあぁ、口のなかを舐めないでぇ」

「ああ、お嬢様のお口、甘くておいしいです。舌がとろけてしまいそうだ……」

憧れの令嬢とのはじめての接吻に感動し、花びらのような唇を夢中で吸いたてる。口のなかへ舌を挿しこみ、ネロネロと舐めまわす。

たまった唾液をすすりあげてはゴクリと飲みくだし、また唇へと吸いつく。

鋭敏な口内粘膜を執拗にねぶられて、紗良は不快そうに身をくねらせる。

しかし舐めれば舐めるほど口内にはトロトロと唾液があふれ、呼応するように膣内にも愛蜜がネットリと染み出した。

「キスをしていると、オマ×コがますますトロトロになってきますよ。やはりお嬢様はヌルヌルがお好きなのですね……」

「んっんっ……こ、こんなもの、好きではないわ。おぞましいだけよ……。ぷはっ、口を塞がないで。息ができないわ……。アァ、クラクラする……」

否定するものの、口内へ唾液を流しこみ、塗りたくるたびに膣口が悩ましく収縮する。

ぬめった汁を求めて肉棒をしゃぶりたてる淫らな蜜壺《みつつぼ》を前に、直人の射精衝動も限界までふくれあがった。

「くあぁっ。お嬢様、もう我慢できません。射精しますっ。お嬢様もいっしょにイッてください」

一人で勝手に果てぬようにとの言いつけを守り、直人は絶頂に耐えながら懸命に腰を振りたてる。

多量の愛蜜ですべりが増したため、肉棒はいともたやすくズブズブと膣内を出入りし、鋭敏な最奥をズグズグと繰り返し穿《うが》つ。

やがて紗良も快楽の際へ押しあげられたか、長い両手足を直人にからめてより深く密着し、全身をビクビクと痙攣させる。

「ンアァッ、私も……来るっ。お乳でイクのとは比べものにならない快感がはじけてっ、イクッ、イクッ……オマ×コでイクッ。セックスで……イクゥッ！」

とうとう紗良は性交による絶頂を迎え、直人の腕のなかで激しく仰け反った。

主人の絶頂を見とどけた直人は射精を堪えるのをやめ、煮えたぎる白濁液を膣奥めがけて盛大に解き放った。

「アヒイィッ。オマ×コ、アツいぃっ。粘ついたドロドロに……直人の精液に、私のすべてが塗りつぶされるぅっ」

最も鋭敏な部位にぬめった汁をビチャビチャと浴びせかけられ、紗良は腰をくねらせて身悶えた。

しかし上から覆いかぶさられ、膣を深々と貫かれた状態では、どれだけ身を捩ってもも射精から逃れるすべはない。

直人は憧れの令嬢に対して抱いてきた様々な情念を精液に混ぜこみ、何度も何度も子宮へ熱く打ちつけてゆく。

「ああっ、愛しています、紗良お嬢様っ」

ふだんは恐れ多くて口にできぬ言葉も、今はまっすぐにぶつけることができた。

嬌声がこぼれて止まらない半開きの唇をブチュリと隙間なく塞ぐと、わななく蜜壺に一滴残らず射精を注ぎこみ、想いを刻みつけたのだった。

ようやく射精が止まったころには、紗良の狭い膣内はすっかり精液で埋めつくされていた。

受け止めきれなかった分は結合部からゴポゴポとあふれ、恥丘や美尻をベットリと汚し、糸を引いてシーツへ垂れる。

落ちつきを取り戻した直人は、唇を離すと紗良の顔をのぞきこんだ。

令嬢の美貌はすっかりだらしなくゆるみ、半開きになった唇から湿った吐息が切れぎれに漏れ出ていた。

「はぁ、ひぃ……。な、直人……出しすぎよ。こんなにナカまで汚しつくすだなんて……ンアァ……」

しっとりと潤んだ瞳で恨めしそうに見つめる紗良だが、叱りつける声音はどこか甘ったるくとろけていた。

「あまりに気持ちよくて、止められませんでした……。お嬢様も、喜んでいただけたようでよかったです」

直人が笑いかけると、紗良は頰を赤く染めてプイと顔を背けてしまう。

「フ、フン。まあ、悪くはなかったけれど……。この程度で私を満足させただなんて、思いあがらないことね」

それは素直になれない令嬢の、精いっぱいの照れ隠しだったのかもしれない。

しかしその挑発的な言葉は、直人の劣情に再び火をつけてしまう。

「そうですか。たしかにお嬢様のナカは、いまだクニクニと蠢いていますものね……。

わかりました。ではこのまま、続けさせていただきますね」

呆れるほど大量に放出したにもかかわらず、肉棒はいつの間にか、再び逞しく漲っていた。

直人はゆっくりと腰を動かし、白濁液で満ちた蜜壺をジュブッジュブッと卑猥な汁音を立ててかきまわしてゆく。

ぬめりがへばりついて淫らにうずいた膣壁を、ゾリッ、ゾリッとじっくりこそがれて、紗良は湧きあがる快感に腰をくねらせて身悶えた。

「アンッ、アンッ。ちょっと、まだするつもりなの。これ以上は……ンアァッ」

「ええ。お嬢様を満足させるのが僕の務めですから。初体験に加え、ファーストキスまでさせていただいて、夢のようでした……。もっと僕に、この幸福のお礼をさせてください」

距離を取ろうと尻を浮かせる紗良を、くびれた腰に腕をまわしてグイと引きよせ、逃がさない。

より深く怒張を埋めこんで動きを封じ、喘ぎのこぼれる唇も接吻で塞いだ。

ネロネロと舌をからませていると、令嬢の身体から力が抜けてゆく。

「んぷ、ぷぁ……。アナタが勝手に唇を奪ったのでしょう。こんな、舌をからめるいやらしいキスを、直人とすることになるだなんて……。アァ、口のなかまでヌルヌルよ。不愉快だわ。私を穢した責任、必ず取ってもらうんだから……」

接吻に酔いしれる直人を妬ましく思ったのか、いつしか紗良もネチョネチョと淫靡に舌を動かしはじめる。

二人はおのおの立場も忘れて恋人のように睦《むつ》み合い、ひとつになって快楽に溺れてゆく。

直人は愛しき主人が満ちたりた顔で意識を失うまで、蜜壺に夜通し白濁液を注ぎつづけたのだった……。

第六章　泡まみれの性交

1

直人とまぐわい、真の快楽を経験した翌朝、紗良は一人ベッドを抜け出すと、バスローブのみを羽織ってフラフラと浴室へ向かった。

頭から熱いシャワーを浴びていると、悦楽にとろけて使いものにならなくなっていた脳が、ようやく活性化してくる心地がした。

「ンアァ……。いくら洗い流しても、まだあの粘ついた感触が肌にこびりついている気がするわ。直人のヤツ、いったいどれだけ出せば気が済むのかしら」

水滴をはじく玉の肌をもどかしげに撫で、ブツブツと呟く。

ふと、鏡に映る己の姿が目に入る。

ひと晩中揉みたくられた乳房や尻たぶは悩ましく腫れあがり、自慢の完璧なプロポーションが、男好きのする淫猥な体型に変化したように思えてならない。

「アァン……お乳がまだしびれている。アソコもはしたなく口を開けたままだわ。まるでアイツの形を覚えてしまったかのよう……ンッ、ンッ……」

鏡越しに肢体を見つめているうちに、いつの間にか左手は甘いうずきの残る美乳を撫でまわしていた。

右手は秘唇へと伸び、長くしなやかな指を膣口に挿しこんでクチュクチュとかきまわす。

直人に告げたとおり、純潔を失ったことに後悔はない。

むしろ己の知らぬ喜びが存在することに苛立ちすら覚えていた貪欲な令嬢にとって、まぐわいによる絶頂を味わえたのは貴重な体験と言えた。

その相手が下僕のように扱ってきた直人だというのは、少々癪に障る。

かといって、ほかの者に肌をさらすことを想像するだけで、ぞわぞわと怖気《おじけ》が走った。

「うう、ダメだわ。自分でいくら撫でたところで、うずきが鎮まらない……。直人め、人の身体をこんなにしておいて、今ものんきに眠っているのでしょうね。主人を放っておくだなんて、オシオキをしてやらなくちゃ……アッアッ」

ベッドを抜け出た際、直人は射精を繰り返した疲労で力つき、主の気配に気づきもせずにぐっすりと眠りこけていた。

その安らかな満たされた寝顔を思い出すと、どうにも憎らしく感じてならず、紗良は不満をぶつけるように自らの乳首を扱き、陰核をつねる。

しかし軽いアクメは訪れるものの、直人の手でもたらされた鮮烈な絶頂感とはとうてい比べものにならない。

結局、精液は洗い流したもののじんわりとした身体のうずきは鎮まらぬまま、紗良は浴室をあとにした。

自室に戻り、扉を開けると、いまだ室内はムワリとした臭気に満ちていた。

「なんてニオイ……。壁に染みこんだらどうしてくれるのよ」

ブツブツとぼやきつつ、窓を開けて換気をする。

流れこむヒンヤリとした朝の風がほてった身体に心地よく、紗良はほうっとようやくひと心地つく。

ベッドを振り返ると、直人がいまだぐうぐうと寝息を立てていた。

よほど体力を消耗したのだろうか。

紗良はクローゼットから愛用の白い絹手袋を取り出すと、たおやかな手にシュルリと塡める。

そしてベッドの縁に腰を下ろし、眠る直人の頰を人さし指でツンとつついた。

「うう……。いけません、紗良お嬢様……」

いったいどんな夢を見ているのやら、直人はくすぐったそうに寝返りを打った。

するとかけておいたタオルケットが捲れて、裸体が露になる。

昨晩はあれほど射精を繰り返し、紗良を絶頂に幾度も追いたてたというのに、股間は朝の生理現象によって隆々と反り返っている。

「まったく、もう。私の夢を見ながら股間をふくらませているだなんて……。どれだけ頭のなかがいやらしい妄想でいっぱいなのかしら」

すべらかな布地に包まれた人さし指でツツーッと裏スジを撫でてやると、直人はもどかしげに腰を震わせる。

ブルリと肉棒が揺れ、先端にじわりと先走り汁が滲むのを見て、紗良ははしたなくもコクリと唾を飲みこむ。

「一人だけ幸せな夢を見ているなんて、許さないわよ。アナタは、私を喜ばせるためだけに存在しているのだから……」

令嬢の瞳がしっとりと悩ましく濡れる。

紗良は艶然と微笑み、眠る直人の上に跨《また》がっていった……。

2

（うう……。股間がとろけそうに気持ちいい……。いやらしい淫夢は何度か見たことがあるけれど、ここまで生々しい感触ははじめてだ……）

極度の疲労からぐっすりと深い眠りに落ちていた直人だが、朝勃《あさだ》ち肉棒を包みこむ極上のぬめりとろける快感に、徐々に意識が引きあげられてゆく。

股間だけではなく、乳首にもくすぐったいようなもどかしい感覚がピリピリと走りぬける。

重たい瞼をなんとか開いて霞んだ目を凝らすと、思いもよらぬ光景が飛びこんできた。

「フフ。やっと目が覚めたのね。主人を放っておいて眠りつづけるだなんて、いい度胸をしてるじゃない」

ニヤッと意地の悪い微笑を浮かべた令嬢が、愉しげに直人を見下ろしている。

なんと全裸に絹手袋のみを嵌めた煽情《せんじょう》的な姿の紗良が、直人へ馬乗りになり、膣口で肉棒を咥えこんでいた。

「お嬢様、いったいなにを……むぐっ」

開きかけた口が、紗良のプルリとはずむ唇で塞がれる。

「勝手にしゃべってはダメよ。そのまま黙って、ジッとしていなさい。これは罰なのだから」

ムチュッ、ムチュッと甘やかに直人の口を吸いたて、紗良は切れ長の目を妖しく細める。

すべらかな絹手袋に覆われた手のひらが、直人の胸板をサワッサワッと撫でまわす。

思わず乳首がピクンと反応してしまうと、しなやかな指先にキュッと摘まみあげられた。

「あら。どうして罰を受けているのかわからないって顔をしているわね。アナタの罪はたくさんあるわ。私の許可も得ないで、この高貴な肌に汚らしい汁を浴びせて、処女どころか唇まで奪って、好き放題に蹂躙《じゅうりん》してくれたわね」

「そ、それは……うう……」

令嬢の指摘により、昨晩の暴走を思い出し、言葉につまる。

申し訳なさそうに俯く直人を紗良はニヤニヤと見つめ、摘まみあげた乳首にカプリと噛みついた。

「くあぁっ。そ、そこはっ」

「アンッ。ナカでオチ×ポがビクンッって跳ねたわ。男のくせに、乳首で感じているのね。本当にいやらしいケダモノなんだから。もっとしっかり躾をしないと、はずかしくて連れて歩けないわね……」

紗良は羞恥に歪む直人の顔を上目遣いに見つめ、チロチロと舌先で乳首を転がす。

くすぐったさの混じる快美感に身を捩るも、馬乗りになられているため、逃れることができない。

「アハッ。乳首がとがってきたわよ。唾液でヌルヌルにされるのが心地よいのね。アナタのほうこそ、ぬめった感触が好きなヘンタイなんじゃない？」

昨夜、愛撫の際に柔肌を唾液まみれにされて悶えていたのを指摘されたのが、よほど屈辱的だったのだろう。

意趣返しのように紗良は直人の乳首をイジメて、もどかしい快感で翻弄する。

「こうしてネトネトの乳首を吸われるのが好きなのね。それとも、スベスベの手袋で摘ままれるのが好きかしら。ほら、答えなさい」

それぞれに異なる種類の快感で左右の乳首を責められて、直人は情けないうめきを漏らすしかできない。

「くうぅっ。ああ、どちらも気持ちがいいです……」

抗いきれずに白状すると、紗良はニンマリと満足げに微笑んだ。

「そう。素直なところだけは認めてあげるわ。ほら、口を開けなさい」

絹手袋に包まれた手が胸板から首すじを通って頰へ添えられ、サワサワと顔を撫でまわされる。

心地よさに酔いしれて言われるがままに口を開けると、上からタラリと唾を垂らしてきた。

直人は逃れようとするどころか、舌を伸ばして甘露を迎え入れる。

ゴクリとうまそうに飲みほす姿を見て、紗良は愉快そうに目を細めた。

「こんなにも屈辱的な目に遭わされているのに、オチ×ポは萎えるどころか硬くなる一方ね。やっぱりアナタはおもしろいわ。これからも特別に、私に仕えさせてあげるわ……ンッ、ンッ……」

たっぷりと弄んだことで溜飲が下がったのか、紗良は罰を与えるのをやめ、直人の上でゆるやかに腰をくねらせはじめた。

美乳を弾ませて心地よさそうに喘ぐ令嬢を、直人は性交の快楽に浸りつつ陶然と見あげる。

長い黒髪を振り乱して身悶える姿はなんとも魅惑的で、見つめているだけで股間が熱く漲る。

男を知った媚肉はやわらかくほぐれており、貪欲に肉棒へまつわりついてはヌチュヌチュと揉み搾ってきた。

「アッアッ……アァンッ……。ずいぶんと心地よさそうね。だらしない顔をしちゃって……。アナタはそうして、私に見下ろされているのがお似合いだわ」

紗良は優越感に満ちた顔で直人を見やり、屈辱感を煽《あお》るように、腰を楽しげにグラインドさせる。

男として屈辱的ではあるものの、これほどの快楽を味わえるのであれば、このまま身を任せるのも悪くない。

そうしてしばし美女が腹上で舞い踊る絶景をうっとりと眺めていたが、次第に腰の動きが鈍くなる。

膣壁の鋭敏な部分に亀頭の笠が擦れるたび、ビクビクと肢体が痙攣し、動きが止まってしまうのだ。

「ンッンッ……ンアァッ。ダメ。腰がしびれて、うまく動けないわ……ンンッ……」

もどかしげに美貌をくもらせる令嬢を見ていると、救いの手を差しのべなければとの使命感が湧きあがる。

直人は言いつけを破って紗良のくびれた腰に手をまわし、しっかりつかんで固定すると、ズンッと下から膣を突きあげた。

鮮烈な衝撃が背すじを走りぬけたのか、紗良は美乳を大きく弾ませ、仰け反って身悶える。

「アヒィッ。こ、こらっ。なにを勝手に動いているのよ……アンッアンッ」

叱りつける声も、突きこみを続けていると快楽に呑まれて、喘ぎ声に上書きされる。

直人は動きの止まった主人に代わって献身的に腰を振るう。

「お嬢様、あとは僕にお任せください。貴女を喜ばせるのが僕の務めですから」

探りあてた性感帯をカリ首でこそいで快感を送りこみつつ、ニコリと微笑み返す。

プライドの高い令嬢は主導権を奪われたのが悔しいのか、直人を睨みつけると、人さし指を嚙んで喘ぎ声を押し殺す。

「クッ……よけいなまねはしなくていいわ。アナタは私の道具なのだから、ただ黙って私に従っていれば……ヒアァッ。ソコばかり擦ってはダメッ」

しかし執拗に弱い部位を擦りあげると、虚勢を張ることもできず、腰砕けになってしまう。

力が抜けた紗良はヘナヘナと直人に覆いかぶさってきた。

美乳の谷間に顔が埋もれ、直人は湯あがりのソープの匂いが混じった甘い体臭に、ますます興奮が募る。

ハリのある令嬢の尻たぶをわしづかみにすると、猛然と腰を振ってズブッズブッと蜜壺に怒張を突きたててゆく。

「ええ。僕はお嬢様の道具です。なので存分に、望むままにお使いください」

そう告げて突きこみを続けると、締めつけが苛烈だった膣口はやわらかくほぐれ、媚肉がネットリと悩ましく肉棒にまつわりついてきた。

「そ、そうね。自分の所有物をどう使おうが、私の自由よね……」

紗良は自分に言い聞かせるように呟くと、両手でギュッと直人の頭をかき抱き、新たに言いつける。

「アァ、直人、もっと激しくオマ×コをかきまわしなさい。私がイクまで腰を振りつづけるのよ、ハアァンッ」

「はいっ。仰せのままに……くうぅっ」

直人は紗良が身を任せてくれた喜びに打ち震え、猛然と腰を振りたてて蜜壺をズボズボと攪拌《かくはん》する。

膣口からは愛蜜と先走り汁が混じり合って泡立った汁がジュプジュプとあふれ、二人の股座を卑猥に濡らす。

換気によって空気を入れかえた室内に、再びムワリと淫臭が充満してゆく。

やがて絶頂を求めて膣口がキュキュキュゥッとひときわ収縮する。

「ハァン、イクわ、イッてしまう。直人もイクのよ。私のナカでいっしょにイキなさいっ」

紗良としては、より深い絶頂のために膣内への射精を求めただけかもしれない。

しかし直人からすれば、ともに頂点へ達するよう求められたのが、なによりもうれしかった。

「くうぅ、わ、わかりました。僕も射精します。いっしょにイキましょう、お嬢様。うはあぁっ」

そして直人は膣の最奥で盛大に想いを解き放ち、ブビュルルーッとしたたかに精液を浴びせかけた。

「ンハァァッ。イクッ、イクゥッ。直人の精液でイクウゥッ」

紗良はギュッと直人にしがみつき、強烈な絶頂感にビクビクと全身をわななかせる。白濁液をこってりと浴びせられた媚肉は、ウネウネと心地よさげに蠕動する。そしてさらなる快楽を求めて、絶頂にわななきながらも、射精中の肉棒を貪欲に揉み搾っていった……。


朝から大量の射精を終えた直人は、しっとりと汗ばんだ美女の乳房に頬をすりよせ、圧倒的な快楽の余韻にしばし呆然と浸っていた。

頭上からは紗良のハァハァと荒くなった息遣いが漏れ聞こえる。

無事に令嬢を喜ばせることができたと確信し、充足感に満たされた直人は瞳を閉じる。

しかし不意に、首すじに鈍い痛みが走った。

「いたたっ。お、お嬢様?」

瞼を開くと、首すじに噛みついている紗良と目が合った。

「昨夜はよくも私の美しい肌に、いくつも破廉恥なキスマークをつけてくれたわね。

これはお返しよ。アナタにも私のものだという印をつけてやるわ」

令嬢の透きとおる白い肌はたしかに、ところどころ赤く腫れあがっていた。

仕返しとばかりに、紗良は直人の首や肩をカプカプと噛んでは歯形を刻んでゆく。

(さんざんケダモノ扱いされたけど、こうしているとお嬢様のほうが肉食獣みたいだな)

そんなことをぼんやりと考えながら、直人は改めて令嬢の所有物である証を刻まれて、喜びを感じていた。

3

それから二人は浴室へと向かい、体液まみれになった体を洗い流した。

「もう。またシャワーを浴びることになってしまったじゃないの。ほら、アナタが汚したんだから、アナタがきれいになさい。乱暴にしてお肌に傷がついたら承知しないわよ」

直人は手わたされたスポンジを手に取り、ボディソープでしっかりと泡立てる。

完璧なプロポーションを誇る令嬢の肢体を、丁寧に磨きあげてゆく。

「そういえば子どものころにも、こうしていっしょにシャワーを浴びたことがあったような……」

「そうだったかしら。覚えていないわ」

紗良の反応はそっけないが、直人は水滴をはじく玉の肌に見惚れつつ、過去の記憶を探る。

やがて姫島家の屋敷に引き取られてばかりのころ、雨降りの日に庭へ強引に連れ出され、泥だらけになって遊んだ記憶がおぼろげに甦《よみがえ》ってきた。

(庭は水たまりだらけなのに、馬になれって言われて四つん這いで歩いたっけ。結局は背中に乗ったお嬢様の重さに耐えられずにつぶれてしまって、二人して全身泥まみれになって、あとで奥様にこってりと叱られたんだよな……)

懐かしい記憶とともに理不尽な仕打ちも思い出し、無意識にスポンジを握る手に力が入る。

「アンッ。ちょっと、どこを擦っているの。おやめなさい、アッアッ……」

気づけば直人は紗良の股間を泡まみれにして擦りあげていた。

いまだ性交による快感の余韻が残っているのか、ほてった恥丘を撫でさすられた令嬢は甘い声を漏らして身悶える。

「あっ。も、申し訳ございません」

慌てて手を止めると、紗良は恨めしそうにジロリと直人を睨む。

そして恥丘に右手を添え、クニィッと自ら秘唇を左右に割り開いた。

「もう。アナタが刺激するから、また濡れてきちゃったじゃないの……。責任を取って、ナカまできれいにしなさい」

クパッと口を開けた膣から、愛蜜とともに、先ほど大量に注ぎこんだ残滓がダラリとあふれ出てくる。

あまりの淫猥さにゴクリと唾を飲むと、スポンジからすくいとった泡を人さし指と中指にたっぷりと塗し、ぬめる膣内にヌブッと挿しこんだ。

「これでよろしいですか、お嬢様」

「アッアッ。いいわ、ヌルヌルが擦れて……ハァンッ」

泡まみれのすべる指に媚肉をニュルニュルと何度も刺激され、湧きあがる快感に紗良は仰け反って身悶える。

しばしグチュグチュとかきまわしていると、膣内にたまっていた残滓は多量の愛液に押し流されて、大半がドロリとかき出された。

直人はいったん指を抜き、ポッカリと口を開けたまま泡まみれになった膣を、シャワーを当てて洗い流してやる。

「ンアァ……シャワーが当たってる。勢いが強すぎるわ……」

温水に刺激されて、媚肉がウネウネと悩ましく蠢く。

やがてすべての泡が流れ出たものの、そのあとも奥から染み出てくる愛蜜で、蜜壺はテラテラと淫靡に潤ったままだった。

直人はゴクリと唾を飲み、いつの間にか反り立っていた怒張にたっぷりと両手で泡を塗す。

「まだ濡れていますね……。今度はこれできれいにいたしますね」

泡にまみれた愛撫によるぬめった快感に呆けていた紗良は、勃起肉棒を目にして、驚きで目をまるくする。

「ど、どうしてまた大きくなっているのよ。いったい何度射精すれば鎮まるの……。これ以上はキリがないわ。さっさと出るわよ」

さしもの紗良も直人のあまりの絶倫ぶりに怯んだか、浴室の床を四つん這いになって逃げ出そうとする。

しかし直人は、令嬢のくびれた腰に背後から両腕をまわして、グイと美尻を引きよせる。

言葉とは裏腹に期待でぬらつく蜜壺へ、泡まみれの怒張をヌブヌブッと沈めていった。

「アァッ。ヌルヌルのオチ×ポが、また入って……アンアンッ」

「うう、お嬢様のオマ×コ、さっきよりもトロトロでさらに気持ちがいいです。すべりがよすぎて、くうぅ、腰が止まらないっ」

たっぷりの泡がローション代わりになったことで、きつく狭い膣口も抵抗がなくなり、スムーズにズブズブと抽送することができた。

(あのプライドの高い紗良お嬢様が、四つん這いになって悶えている。いつもケダモノ扱いしている僕のチ×ポで、獣のように淫らに……)

かつて馬扱いされて背中に跨られた屈辱を晴らすかのように、直人は夢中になって腰を振りたくる。

紗良は何度か這いずって逃れようとしたが、床にひろがった泡で手がすべり、うまく動くことができない。

直人は腰ふりを続けたままスポンジを手に取り、せっかく洗い流したというのにまた玉の汁が浮いている令嬢の肢体を、ゴシゴシと磨く。

またも泡まみれになった柔肌をたっぷりと手のひらで撫でまわすと、ツンと突き出た美乳をグニグニと揉み搾った。

「アァン。もう泡まみれにしないで。おかしくなってしまうわ、アッアッ」

「泡だらけになればなるほど、オマ×コのナカがヌチュヌチュに潤ってきますよ。やはりお嬢様はヌルヌルにされるのが大好きなんですね」

ほてった柔肌がぬめりに覆われるほど、膣内の媚粘膜もネットリと愛蜜で潤ってくる。

直人は浴室の熱気にのぼせながら、泡まみれの性交に没頭する。

結合部からはジュブジュブと卑猥な汁音がひっきりなしに漏れ、ゆるんだ紗良の唇からも愛らしい喘ぎが止まらなくなる。

やがて令嬢の肢体がヒクヒクッと悩ましく震え、蜜壺がキュウウッと収縮した。

「ンハアァッ。イクッ、イクゥッ。ヌルヌルにまみれて、イクウゥッ」

絶頂を迎えた紗良の淫らな嬌声を聞きとどけた直人もまた、ぬめる膣内へ盛大に射精を解き放つ。

「ううっ、僕もイキます。ヌルヌルなお嬢様のナカで、出るうっ」

強烈な快感に酔いしれて、ブビュブビュッと白濁液を膣内に撒き散らす。

ますます媚肉をとろかされた紗良は、カタカタと痙攣を繰り返し、やがてくたりと脱力した。

「ンアァ……。またイカされてしまったわ。お風呂場で泡まみれになって交わるなんて、こんな破廉恥な行為で……」

脳まで溶けてしまいそうな絶頂に呑まれて呆けた顔をしている紗良を、直人は射精の余韻に浸りつつうっとりと見つめ、頬に口づけをした。

チュッチュッとついばんで美貌を唾液で汚していると、紗良のほうからクルリと振り向き、ムチュッと唇を塞いできた。

「まだ私を汚したりないのね。本当に不埒な男だわ……。そんなに主人の唾がほしいのなら、好きなだけ恵んであげるわ。ほら、口を開けなさい……」

タラリと流しこまれた甘い唾液を、喜んでジュルジュルと吸いたてる。

お礼とばかりに紗良の口内を、ネロネロと舌で舐めまわす。

令嬢の顔をのぞきこめば、いつもどこか不満を抱いているようなツンとしたきつめの美貌は、見る影もないほどトロンと幸せそうにゆるんでいた。

「潔癖症だとばかり思っていたお嬢様が、これほどヌルヌルがお好きだとは……。またひとつ、誰にも言えない秘密を知ってしまいました」

直人が呟くと、紗良はニッと意地悪く笑う。

「そうね。私自身も知らなかった秘密を、知ってしまったのだもの……。こうなったら絶対に、自由の身になんかしてやらないわ。アナタは一生、私に仕えつづけるのよ……」

そう命じたワガママ令嬢は、直人に素をさらすことにもはや躊躇はないようで、べロべロと淫猥に舌を蠢かせて濃厚な接吻を求めてくる。

「上手に私を満足させることができたら、ご褒美にまた、射精させてあげるわ。今日からアナタの精液も、すべて私のものよ。わかったわね」

「ああ、はい……。僕のすべてを、紗良お嬢様に捧げます。ですので僕の前では遠慮なく、お好きなようにふるまってください……」

憧れの令嬢が淫らな本性を見せるのは、自分の前だけなのだ。

直人は感動を噛みしめ、紗良のすべてを受け入れる覚悟を決めた。

そしてひとつにつながったまま、誓いの接吻に酔いしれるのだった。

第七章　美しき肉食獣

1

直人と関係を持ってからというもの、快楽を知ることで心に余裕が生まれたのか、紗良のワガママぶりは以前に比べて鳴りを潜めていた。

すでに大学での必要な単位数は取得しているため、ここ最近は来《きた》るべき自身のファッションブランドの立ちあげに向けて、屋敷で構想を練る日々が続いている。

四月後半の、ある晴れたうららかな昼下がり。

シックな紫のワンピースに身を包んだ麗しの令嬢は、色とりどりの薔薇が咲きほこる中庭で優雅にチェアへ腰かけ、真剣な表情でスケッチブックにペンを走らせていた。

その姿自体が一枚の絵画のようだと見惚れながら、直人は少しでも主人の助けとなるべく、集中力が高まるように、リラックス効果のあるハーブティーを差し入れた。

「お嬢様、そろそろ休憩になさってはいかがですか」

「そうね。ちょうどひと息つこうと思っていたところよ。気が利くじゃない」

紗良はペンを置くと、絹手袋に包んだ手をお気に入りのカップへ伸ばし、湯気を立てる琥珀色の液体をそっと唇に運んだ。

「……うん。おいしいわ。アナタ、前よりも私の好みがわかってきたわね」

「ありがとうございます」

主人に褒められ、直人は恭しく頭を下げる。

たしかに以前は紗良の機嫌を損ねないようにと無難なチョイスをすることが多く、叱られこそせぬものの、褒められた経験はあまりなかった。

だがここ最近は、彼女の笑顔を見るためにはどうすべきかと考えるようになった成果が出ているのか、こうしてうれしい言葉をいただく機会が増えていた。

じんわりと喜びを噛みしめていると、紗良がイタズラな笑みを浮かべて、上目遣いでこちらを見つめているのに気づいた。

「どうかなさいましたか」

「フフッ。ちょっと褒めてあげただけで尻尾《しっぽ》を振って喜ぶなんて、子犬のようだわと思っただけよ。それじゃ、かわいいペットにはご褒美をあげようかしら。ほら、ごらんなさい」

相変わらずのペット扱いに少々複雑な気分になるも、直人は促されるままに、紗良がひろげたスケッチブックをのぞきこむ。

そこには艶《あで》やかで過激な、ランジェリーのデザイン画が描かれていた。

「どうかしら。このビスチェにロンググローブと網タイツのコーディネートは。セクシーだと思わない？」

「は、はい。とてもお美しいと思います。ですが、少々過激すぎるような……」

あまりにも煽情的なデザインに、直人は賞賛しつつも言葉を濁す。

紗良のめざすブランドは自身が着こなすのを前提とした、ハイソサエティーな美女にこそ似合うデザインをめざしていると、本人の口から聞いたことがある。

露出過多で乳房も半分以上こぼれている煽情的なビスチェを、紗良本人が身につけた姿を思わず想像してしまい、直人は興奮に頭がクラクラした。

すると節操なくふくらんでしまった股間を、ニヤニヤと笑みを浮かべた紗良が絹手袋に包んだたおやかな手でサワサワと撫でさすってきた。

「そのようね。ラフを見ただけで、男をその気にさせてしまうんだもの……。こんなに硬くして……私が着ているところを想像して、興奮したのね？」

「ううっ。はい……申し訳ございません」

股間を妖しく刺激するフェザータッチに、直人は小さくうめきを漏らす。

青年の反応に令嬢はますます瞳をイタズラに輝かせ、ズボンの上から股間にふうっと吐息を吹きかけてくる。

「いいのよ。アナタのその反応を期待して、デザインしたんだから。ねえ……このまここで、スッキリさせてあげましょうか」

紗良は手を筒状にして勃起を包みこみ、コシュッコシュッとズボンごと軽く扱きたててくる。

屋外での行為に羞恥が高まるも、快楽への渇望に抗えず、直人はコクコクとうなずいてしまう。

「よろしいのですか……。ああ、お嬢様、どうか僕のチ×ポを扱いて、射精させてください……」

直人の懇願を紗良はニンマリと笑顔を浮かべて聞きとどける。

しかし次の瞬間、股間からパッと手を放してしまい、指先でピンッと勃起をはじかれた。

「アハッ。ダメに決まっているでしょう、昼間から外でなんて。本当にもう、甘い顔をするとすぐ盛ってしまうんだから。困ったペットね」

「そ、そんな……」

からかわれただけだと気づき、直人はがっくりとうなだれた。

純朴な青年の反応を愉しんで満足したのか、イタズラな令嬢は微笑を浮かべて直人の耳もとに唇を寄せ、ふうっと吐息を吹きかける。

「そのムラムラは、夜までしっかりとためておきなさい。夕食後に、私の部屋へ来るのよ。我ながら、デザインが過激すぎたのかしら、なんだか身体がほてっているの。解消する手伝いをしてちょうだい」

再びペトリと股間に手のひらを重ねられての甘美なお誘いに、直人はパッと瞳を輝かせ、勢いこんでうなずく。

「もちろんですっ。お嬢様のお望みとあれば、なんなりと」

「フフッ。よい返事ね。それじゃ、私ももうひとがんばりしようかしら」

紗良はもう一度紅茶を口に含んで喉を潤すと、再びスケッチブックにペンを走らせてゆく。

直人は令嬢の背後に控え、その真剣な横顔に羨望の眼差しを送るのだった。

2

以前は紗良の入浴の世話は屋敷のメイドたちの仕事であったが、今は直人が任されている。

噂《うわさ》好きの若い娘たちは、令嬢と青年執事の関係になんらかの変化があったのではと色めきたった。

とはいえ、紗良に目をつけられて折檻されるのを恐れてか、表向きはみな、見て見ぬふりをしているようだ。

あのワガママ令嬢にどうやって気に入られたのかと好奇心に満ちた視線をチラチラと向けられて、むずがゆくて仕方がない。

しかしほかならぬ紗良がまるで気にしたそぶりも見せぬため、直人もまた平常どおりにふるまうことに努めた。

とはいえ、さすがに毎日の、紗良の部屋の体液まみれになったベッドシーツの交換に関しては、メイドたちに気づかれぬように直人がこっそりと行っていた。

その夜も紗良と幾度も睦み合った直人は、行為を終えると浴室へ場所を移し、令嬢の肢体をソープで磨きあげてへばりついた様々な体液を洗い流していった。

「ふう。やっとさっぱりしたわ……。まったくもう、どれだけ私の身体を汚せば気が済むのかしら、このオチ×ポは」

ピンッと指で股間をはじかれて、直人は思わず前屈みになる。

「あうっ。も、申し訳ございません」

こうして令嬢を精液まみれにしてしまった謝罪をするのも、ある意味で日課となっている。

紗良はクスリと微笑むと、広い湯船にチャポンと美脚を挿し入れた。

「ほら。アナタも入りなさいな」

「はい。失礼いたします……」

促され、直人も湯に浸かる。

さすがに遠慮して令嬢とは距離を取っていたが、紗良のほうから隣へ移動し、コテンと肩に頭を預けてきた。

すでに何度も身体を重ねているとはいえ、こういうなにげない瞬間に距離が近づくと妙に意識してしまい、ドキドキと胸が高鳴る。

（お嬢様にとって、僕はいったいなんなんだろう……）

もちろん、身体のうずきを鎮め、淫欲を満たすための、都合のよい性交のパートナーにすぎないことはわかっている。

それ以上の関係を望んでは、バチが当たるだろう。

しかしこうして以前とは異なるやわらかな反応を見せられると、どうしても勘違いしてしまいそうだ。

しばし湯の揺らめきを見つめてぼんやりと考えていると、不意に紗良が口を開いた。

「そういえば、もうそろそろアナタの誕生日だったわね。五月七日だったかしら」

「えっ。覚えていてくださったのですか」

姫島家に住みこみで働くことになって十年近くになるが、これまで誕生日を祝われた経験などなかった。

衣食住を与えてもらっているだけありがたいと考えていたため、特に不満を抱いたことはないが、まさか紗良が把握していたとは、思わず驚いて聞き返す。

「そのくらい知っているわよ。いつもはパティシエにケーキを作らせていたけれど、アナタももう子どもではないものね……。プレゼントはなにがいいかしら」

そういえば、誕生日の夕食にはいつもショートケーキが添えられていたのを思い出した。

天涯孤独となった直人を不憫《ふびん》に思った姫島家のお抱えシェフの気遣いだとばかり考えていただけに、真相を知って直人は感動に打ち震える。

己の指示だとはあえて口外しないのもまた、素直ではない令嬢らしいふるまいだと、今なら理解できた。

「そうだわ。特別に一日だけ、なんでも言うことを聞いてあげるというのはどうかしら。アナタが私になにを望むのか、興味があるわ」

紗良はイタズラっぽく瞳を輝かせ、直人の反応を探ろうと上目遣いにのぞきこんでくる。

「本当に、なんでもよろしいのですか」

降って湧いたあまりにも魅惑的な提案に、直人はゴクリと唾を飲む。

「ええ、もちろん。二言はないわ。さあ、どんないやらしいおねだりをするつもりなのかしら？」

これまで紗良になにかを命じられることはあっても、望みを聞いてもらう機会などありはしなかった。

気まぐれな令嬢から与えられた、二度と訪れぬかもしれない幸運な機会に、直人は懸命に脳を回転させて己の胸に問いかける。

しばし悩んだすえ、ようやく導き出した答えは、淫猥な行為を求められるだろうと考えていた節がある令嬢を、大いに驚かせた。

「なっ。本当に、そんなことが望みなの？」

「はい。もしかなうのならば、ぜひ……」

直人の真剣な眼差しに、紗良は困惑の表情を浮かべた。

それでも高貴なる令嬢として一度交わした約束を違《たが》えるわけにはゆかず、しぶしぶ了承したのだった。

3

「お誕生日おめでとうございます、ご主人様。……これでよいのかしら？」

長袖にロングスカートの黒を基調にしたシックなメイド服に身を包んだ美女が、複雑そうな表情を浮かべて告げた。

タキシード姿で自室にて待つようにと命じられていた直人は、現れた美女を感動の面持ちで見つめ、コクコクと何度もうなずいた。

「は、はいっ。ああ、なんて可憐なんだ……。まさか本当に紗良お嬢様のメイド服姿を見せていただけるなんて、思いもしませんでした」

最高の誕生日プレゼントを、直人はじっくりと瞳に焼きつける。

紗良にメイド服姿を見せてほしいというのが、あの夜に脳裏へ浮かんだ唯一の願いであった。

現在の紗良は、自らの完璧なプロポーションを誇るようなセクシーさを強調したコーデを選ぶことが多い。

そのため、出会ったばかりのころにはよく着用していた可憐な出《い》で立ちを、いま一度じっくりと目にしてみたかったのだ。

「リボンやフリルのついた甘めのコーデなんて、私には似合わないでしょう」

感激する直人とは反対に、つやのある長い黒髪にチョコンとヘッドドレスを乗せた紗良は、どこか居心地悪そうに佇《たたず》んでいた。

フリルをあしらった手首丈の白い手袋を塡めた両手を、落ちつかない様子でスリスリと擦り合わせている。

「そんなことはありません。とてもよくお似合いですよ」

いつも自信満々の令嬢が珍しく自虐的に呟くのを見て、直人はブンブンとかぶりを振り、全力で否定した。

「まあ、いいわ。ではご主人様、こちらへ。ディナーの用意ができておりますわ」

恭しく右手を差し出す紗良に手を重ね、直人は自室を出ると廊下を連れられて歩く。

向かった先は、ふだんは紗良が食事をする、姫島家のダイニングルームだった。

ロングテーブルには二人分の豪華なフルコース料理が並んでいる。

仔牛《こうし》のポワレや舌平目のムニエルなど、紗良が口にしているのを見たことはあるものの自分には縁遠いと思っていたメニューを目の前にして、直人は思わずゴクリと唾を飲んだ。

「こんなご馳走《ちそう》まで用意いただいて、本当によろしいのですか。僕はお嬢様のメイド服姿が見られただけで、もう十分に胸がいっぱいなのですが」

「いいのよ。メイド姿を披露しただけで祝った気になっている、ケチな女だなんて思われては心外だもの。さあ、お席へどうぞ。おかけくださいな」

いつもとは逆の立場にどぎまぎしつつ、椅子を引く紗良に促され、直人は豪奢な椅子に腰かける。

「アナタ以外にこの姿を見せるつもりはないから、コースではなく、すべての料理をあらかじめテーブルに並べさせておいたわ。今宵は誰の邪魔も入りませんので……作法など気になさらずにごゆっくりご堪能くださいな、ご主人様」

紗良はメイド服のスカートを摘まみ、優雅に一礼する。

しばしうっとりとその姿に見惚れていた直人であったが、食欲をそそる薫りに誘われて、おもてなしの料理に視線を移すと両手を合わせた。

「は、はい。いただきます」

フォークとナイフを手にした直人は、さっそくメインディッシュである仔牛のポワレを切り分ける。

最高ランクの牛肉は、いとも簡単にナイフが通り、口へ運ぶと瞬く間にほろほろと消えていった。

「ああ、とてもおいしいです。頰が落ちるって、こういうことを言うのか……」

「フフッ。大袈裟《おおげさ》ね。ほら、口もとにソースがついていますわよ」

味わった経験のない美味な馳走に、思わず感動で打ち震えてしまう。

するとクスリと微笑んだ紗良が、ナプキンで口もとを拭ってくれた。

そして直人は、紗良の用意したサプライズディナーを存分に楽しんだ。

慣れぬテーブルマナーに四苦八苦していると、背後から紗良が寄りそい、ナイフとフォークを持つ手のそれぞれに白手袋を塡めた手をそっと重ねてきた。

「ずいぶんとぎこちないわね。もしかして、緊張しているのかしら。ほら、こうやって……。これからはこういった食事の機会も増えるのだから、慣れてもらわないと困るのよ」

「えっ。それはどういう……むぐっ」

令嬢の漏らした呟きについて尋ね返すと、答えの代わりに新たな牛肉が口につめこまれた。

（メイドになった紗良お嬢様に奉仕されながらの食事だなんて、本当に夢みたいだ。後ろからよい匂いがする。それに、背中にやわらかな感触が当たって……）

はじめは馳走に心を奪われていたが、手に重なった手袋のやわらかな感触や密着した令嬢から醸されるかぐわしい薫りに、次第に気もそぞろになってくる。

いつしかフォークを動かす手が止まり、背中に押しつけられた美乳の感触に意識が集中してしまう。

すると紗良の人さし指に、ムニッと頰をつつかれた。

「なにをぼうっとしているのかしら。食事よりも、メイド姿の私が気になって仕方がないようね。……食事中だというのに、ココがふくらんでいるわよ」

白手袋に包まれたたおやかな手が、状況もわきまえずにふくらんでいた直人の股間にペトッと重ねられる。

「ううっ。いけません、お嬢様。食事中に……」

「はしたないのはアナタのほうでしょう。まったく、どんな馳走を用意しても、私に夢中になってしまうのだから……。困ったご主人様ね」

紗良は愉しげに笑うと、大胆にも直人の膝上へ、向かい合うように跨ってきた。

ワイングラスを手に取ると、目の前でクイと呷り、口に含む。

そしてしなやかな両手を伸ばして直人の首にからめると、大胆にもムチュリと唇を押しつけてくる。

トロリとした甘い唾液が混じった真紅の液体が喉を流れ落ち、全身がカァッと熱く燃えあがる。

「どうですか、ご主人様、私という最高のグラスで味わうビンテージワインは。アナタが生まれた年のものを用意させたのよ」

「ああ、舌が溶けてしまいそうです。頭がクラクラしてきた……。もっと飲ませてください」

餌を求めるひな鳥のように口を開けると、紗良は艶然と微笑んで再びワインを口に含み、タラタラと直人の口内へ垂らした。

「もう酔ってしまったの。私のおもてなしは、まだまだこれからですわよ」

ネロネロと淫猥に舌を這わせて直人の口内を舐めまわした紗良は、牛肉の塊をフォークで突き刺して口へ運ぶ。

あえて口を開けてクッチャクッチャとはしたなく味わう様を見せる令嬢に、自分もこの美しき肉食獣に食べられてしまうのではないかと、ゾクゾクと背すじが震える。

ペースト状になった唾液まみれの牛肉を口移しで与えられて、直人は陶然とした心地で味わい、ゴクリと呑みこむ。

新たなソースが加わった牛肉は、どこまでも舌をとろけさせた。

いつしか直人のほうからも舌を動かし、紗良の唇ごと官能的な食事を堪能する。

「んむっ、うむぅん。そんなにむしゃぶりついたら、唇が腫れてしまうわ」

「紗良お嬢様という器が料理の味を何倍にも引き立ててくださるので、もっと味わいたくてたまらなくなってしまうのです……。お嬢様も、どうか召しあがってください。僕の誕生日を、ともに祝っていただけるとうれしいです」

今度は直人が口に舌平目を放りこんで咀嚼《そしゃく》し、紗良の口内へ流しこむ。

紗良はイヤがることなくゴクンと飲みくだし、ほうっと悩ましい吐息を漏らした。

「こんなにはしたない食事ははじめてよ。アナタのせいで、どんどん品のない女になってゆく気がするわ。ほら、お返しよ。もっと、だらしない顔を見せてちょうだい」

二人は交互に食べさせ合っては相手の顔を陶然と見つめ、淫靡きわまりないディナーをじっくりと時間をかけて、心ゆくまで愉しんだ。

やがて満腹感が訪れたころには、直人の肉棒はズボンの下ではじけそうなほど硬くいきり立っていた。

「あらあら。ご主人様ったら、すっかりアソコが腫れてしまって。とても苦しそうですわ。メイドとして見すごせませんわね」

紗良はチロリと唇を舐めると膝の上から降り、直人の股の間へチョコンとしゃがみこむ。

そしてズボンのファスナーに手をかけると、上目遣いでこちらを見あげたまま、ゆっくりと下ろしてゆく。

やがて長大に勃起した肉棒が、令嬢の美貌に当たりそうな勢いでボロンッとまろび出た。

「キャッ。アァ、なんて雄々しいの……。食事中も、どうやってメイドを手籠めにしようかと考えていたのでしょう。いけないご主人様だわ」

メイドになりきった令嬢は、言葉とは裏腹に淫靡に微笑み、白手袋を塡めた手でシュリッシュリッと肉幹を撫でさすりはじめた。

「うくっ。お嬢様、こんな場所で……」

「ところかまわず勃起するご主人様ですもの、寝室以外の場所でも、してみたかったのではなくて？　今の私はアナタの従順なメイド……どんな命令も、思いのままですわよ」

挑発的な視線に、直人はゴクリと唾を飲む。

やがて興奮が抑えられなくなり、紗良の後頭部に手をまわし、グイと股間へ向かって美貌を引きよせた。

「じゃ、じゃあ……主人として命じるよ。その上品なお口で、僕のチ×ポに奉仕するんだ……」

直人はこの二度とない機会を利用し、かねてからの願望を口にする。

「まあ。この汚らしい塊を、口に含めと言うんですの。なんてひどい……。けれど、ご主人様の命令は絶対ですもの。失礼いたしますわ……チュッ」

驚くそぶりはしているものの、その命令は予想の範疇《はんちゅう》だったのだろう。

紗良は淫靡な微笑を浮かべ、亀頭にムチュリと唇を重ねた。

その瞬間、えもいわれぬ快美感が走りぬけ、直人は椅子の上で悶絶する。

「くあぁっ。プルプルの唇が吸いついて、気持ちよすぎる。ああ、もっとチ×ポにキスをしてください」

あまりの快感に尿道口からピュルッと先走り汁がしぶき、紗良の唇をネチョリと汚した。

「アンッ。私の高貴な唇が、ネトネトになってしまったわ。でも、まだまだ穢したりないのね。逞しく反り返ったものを、こんなにビクビクと震わせて……」

しかし紗良はチロリと淫靡に唇を舌で舐めると、プチュップチュッと亀頭へ何度も接吻を施す。

さらにうっすらと口を開き、亀頭の先端を咥えてチュウチュウと吸いたてはじめた。

「ううっ。先っぽを吸われてる。カウパーが止まらなくなる……」

「ヌルヌルがどんどんあふれてくるわ……。先ほどのいやらしいキスよりももっと、口のなかがぬめって……卑猥なニオイが染みついてしまうわ」

不快そうに呟くものの吸引をやめようとはせず、チロチロと舌先を動かして鋭敏な亀頭を刺激してくる。

「やっぱりお嬢様はヌルヌルがお好きなんですね。ああ、吸うだけじゃなくて手でも扱いてください。そうすればもっとたくさん出てきますよ」

「こんなもの、好きではないわ。でも……今の私はメイドだから、アナタの命令には従わないといけないのよ……」

メイドとなった令嬢は己にそう言い聞かせると、直人の指示に抗うことなく従い、すべらかな白い手袋で肉棒の表面をシュクッシュクッと扱きたてる。

手淫と口淫のハーモニーがもたらす極上の快感に、直人は腰を浮かせて悶え、ひっきりなしに先走り汁をあふれさせる。

「お嬢様の清楚《せいそ》なお口が、どんどんジュプジュプといやらしい感触になってゆく……。ああ、竿《さお》だけでなくて、タマも触ってください」

「この、精子のつまった汚らしいものにも触れろと言うのね……。アン、ずっしりと重いわ。今も私を穢そうと、あのドロドロの精液を作りつづけているのでしょう。ハァン、なんて怖れ知らずなの……」

手のひらに睾丸を乗せて重さをたしかめると、手のなかに包みこんでクニクニと揉みしだく。

急所を絶妙な力加減で握られて、直人は腰の震えが止まらない。

亀頭から口を離してしばし直人の反応を愉しげに見つめていた紗良は、再び口を開き、今度は玉袋をカプッと咥えこんだ。

「うはぁっ。そんなところまで舐めてくださるなんて」

「コロコロとして、なんだか愛らしいわ。それにとてもビンカンなのね。舌の上で転がすたびに、オチ×ポまでブルブルと暴れて……。アンッ。カウパーを撒き散らさないでちょうだい。顔までヌルヌルになってしまうじゃない」

頬に付着した先走り汁を指ですくうと、紗良はうまそうにペロリと舐めとる。

その淫猥な仕草に直人はますます興奮が募り、肉棒がビクビクと反応した。そして令嬢は誰に教えられるでもなく敏感な部分を探りあてては、巧みに責めたててくる。睾丸を舌で舐め転がして唾液まみれにすると、甘噛みを繰り返し、もどかしい快感でしびれさせる。

さらに口をすぼめてネットリと吸引し、たまらない快感を際限なく送りこんできた。

「タマタマをかわいがられるのが好きなのね。震えっぱなしのオチ×ポから、カウパーが止まらなくなっているわよ。アン、手袋がすっかりグチュグチュになってしまったわ」

紗良はイタズラっぽく笑い、粘液まみれの肉棒を手袋が汚れるのもかまわずにニュコッニュコッと扱きたてる。

もはやどちらが主人かわからぬまま、直人は甘美な快楽に身を任せる。

奉仕を受けているというよりも、淫靡な肉食獣に獲物として弄ばれているような気分だ。

すっかりヌルヌルになった肉棒を紗良は目を細めて見つめ、自ら美貌を近づけて頬擦りし、うっとりと匂いを嗅いだ。

「ううっ。やわらかな頬が触れて、吸いつくようだ……」

「ハァン。いやらしいニオイをたくさん嗅がされて、クラクラしてきたわ。唾液があふれて止まらない。きっと、今ならどんな命令をされても拒めないわ……」

すっかりメイドになりきった、潤んだ瞳で上目遣いに見つめている。

彼女がなにを望んでいるのか、直人には手に取るように理解できた。

ゴクリと唾を飲むと、ヘッドドレスの乗った黒髪を愛おしげに撫で、今夜だけの主人として命令を与える。

「紗良……僕のチ×ポをしゃぶるんだ。ドロドロの精液をたっぷりと飲ませてあげるから、この上品なお口をいやらしいオマ×コに変えて、チ×ポがイクまで奉仕するんだ」

屈辱的な命令を受け、紗良はフルフルッと肢体を震わせる。

「アァ、この私を呼びすてにして、そんな卑猥なまねを強要するだなんて……。本来ならば決して許されないことなのよ。けれど……今日だけは言うことを聞いてあげるわ。……あむっ」

紗良ははしたなくも大きく口を開くと、肉棒を根元まで呑みこんでいった。

「くうぅっ。口のなか、あたたかくてヌメヌメしている……。まるでオマ×コに挿入しているようだ。チ×ポがとろけるっ……」

ぬめった口内粘膜がペットリと肉幹に貼りついて、湧きあがるたまらない快美感に、直人はうめく。

悶える主人を愉快そうに見あげ、紗良は口を淫猥に蠢かせて肉棒を味わってゆく。

「人のお口を性器に例えるだなんて、ひどいご主人様だわ。オチ×ポが、ビクンビクンと震えているわよ。どんどんヌルヌルがあふれてきて……んふ……いやらしい味で口のなかがいっぱいになってゆくわ」

牡肉の味に口内を埋めつくされて眉根を寄せる紗良だが、肉棒を吐き出そうとはしなかった。

上流階級の令嬢がこれまで味わったことのないであろう珍味を、舌を這わせ、唇をすぼめて、じっくりと堪能している。

「そんなにむしゃぶって……あの上品な紗良お嬢様とは思えない淫らさだ。カウパーでヌルヌルのチ×ポの味をすっかり気に入ってしまったのですね。おいしいですか」

「はむ……おいしくなんてないわ。ひどい味よ。アァ、でも……味わうたびに唾液が口のなかにあふれてしまう。私の高貴な口が、いやらしい穴に変わってゆくようだわ……。それもこの、憎らしいオチ×ポのせいよ」

紗良は恨みがましい目で直人を見あげ、責めるように甘噛みしてくる。

「うくっ。お嬢様、噛まないでください。敏感なんです」

鋭敏な肉棒にピリピリと甘いしびれが走りぬける。

ますます先走り汁が漏れ出て、令嬢の口内を卑猥にぬめらせた。

「アハッ。そうは言うけど、噛まれてビクビクと喜んでいるわよ。セックスではこの硬いものにオマ×コをかきまわされる一方だったけれど、こうして口に含んでいると、私からも責めることができるわね。フフッ、もっとイジメてあげる」

紗良は肉棒全体を口に含んだまま舌を大きく動かし、肉幹の表面を濡れた舌でべロッべロッと強く舐めあげる。

ぬめった柔肉にねぶられるとろける快感に、たまらず腰が浮きあがる。

するとこ今度は唇をすぼめて頬をへこませ、口内すべてを使って肉棒を揉み搾ってくる。

男を責める手管を、紗良は誰に教えられずとも本能で思いついては実践し、習得してゆく。

直人はすっかり口淫に翻弄され、快楽に酔いしれるばかりとなる。

「くあぁっ。刺激が強すぎる。精液がどんどん竿を駆けのぼってくるのがわかる」

「オチ×ポがひとまわり大きくふくらんだわ。あの白いドロドロが出そうなのね。なんてせつなそうな顔をしているのよ……。そんな顔を見せられたら、私までおかしくなりそうだわ。ほら、ココもたまらないのでしょう？」

紗良は竿をしゃぶりたてながら、白手袋に包まれた手で左右の睾丸をそれぞれ握りこむ。

やわらかな布地に包まれた手のひらにキュムッキュムッと絶妙な力加減で揉みたてられて、あまりの快感に、抑えきれないほど劣情が滾る。

「くうぅっ。も、もう我慢できない。お嬢様、失礼しますっ」

直人はそう断りを入れると、令嬢の小顔を両手でがっちりつかんで固定する。

そして腰を前後に振りたて、上品な口に肉棒をグポグポと突き入れる。

「んぶうぅっ。アァ、直人にお口を、蹂躪されている……」

驚きに目をまるくし、うめきを漏らした紗良だが、必死さにほだされたのか、突きこみから逃れようとはしなかった。

目を細めて直人を見あげると、唇をすぼめて暴れる肉棒を包みこみ、抽送のリズムに合わせてジュルジュルと吸引する。

「唾液まみれの頬の内側が、チ×ポに擦れて気持ちいい。本当にお口とセックスしているみたいだっ」

「んむっ、うむっ。硬いオチ×ポが擦れて、口のなかがヤケドしそうよ。ンアァ、頭が揺さぶられて、なにも考えられなくなる……」

乱暴な口淫に瞳を潤ませて酔いしれているメイド服姿の令嬢に、征服感が満たされて、抑えきれぬ射精衝動がこみあげてくる。

直人は大きく腰を突き出して令嬢の上品な口を奥まで怒張で埋めつくすと、思いきり精液を解き放った。

「くあぁっ。僕、もうイキます。お嬢様、僕の精液を飲んでくださいっ」

「んぶうぅっ。ぷあぁっ、お口のなかに、ドロドロがいっぱいあふれて……」

あまりの熱と勢いに、紗良は全身を硬直させ、呆然と口内射精を受け止める。

大量の精液によって、餌を頬張るハムスターのごとく頬がプクッとふくらみ、高貴な美貌が淫らに歪む。

「アァ、まだ出るの。このままじゃ、息ができない……」

窒息の不安を感じたか、紗良はとうとう口内の白濁液をゴクンと嚥下《えんか》した。

一度味わったことでタガがはずれたか、さらなる放出を求めるように射精中の肉棒をしゃぶり、ゴキュゴキュとはしたなく喉を鳴らして次々に飲みこんでゆく。

「あの紗良お嬢様が、僕の精液を飲んでくれている……。うれしすぎて、射精が止まらないっ」

直人もまた、恋い慕う令嬢が己の穢れた汁をイヤがらず味わっていることにたまらない興奮を覚え、呆れるほど長く精液を吐き出しつづける。

やがて嚥下のスピードを射精の量がうわまわり、唇の端からボタボタと白濁液があふれ出した。

紗良は顎の下に手を添え、白い手袋を汚しながら手のひらでも精液を受け止めていった。

ようやくすべてを吐き出し終えた直人は、浮かせていた腰を椅子に下ろし、ふうっと満足げに深い息を吐く。

硬度がゆるんだ肉棒がズルリと唇から抜け、紗良もまた湿ったなまめかしい吐息を漏らした。

「ンアァ、ひどい味だったわ。ネバネバと口のなかにからみついて、喉やおなかのなかまでドロドロに汚されて……。でも、このクラクラするニオイと舌がとろける感触……クセになってしまいそう。フフッ」

紗良は淫靡に微笑み、手袋へ大量に付着した精液を舌を伸ばしてペチャペチャと舐める。

「ああ……お嬢様が、僕の精液をうれしそうに舐めている……」

淫らな仕草に、直人は大量に射精したばかりだというのに、股間がブルッと震えてしまう。

視線に気づいた紗良は、残滓と唾液でドロドロになったまま再び反り返ってゆく勃起肉棒を両手で包みこみ、ペチョペチョと舌で舐めあげる。

「アン……。メイドのお口をこんなに汚しておいて、まだ出したりないのね。困ったご主人様だわ。では……今度はこちらの口で、奉仕しますわね」

白濁液をうまそうにねぶりとった紗良は、立ちあがるとメイド服のロングスカートをスルスルとたくしあげる。

するとs紗良にしては珍しい飾り気のない清楚な純白の下着が露になる。

しかしクロッチ部分はグチュグチュに湿っており、秘唇の形がくっきり浮き出てしまっていた。

「こんな美しいメイドに、お口だけでなくオマ×コでも奉仕してもらえるなんて。今日は最高の誕生日です」

小悪魔のように微笑むメイドを直人はうっとりと見つめ、さらなる甘美な誘惑に身をゆだねるのだった。

4

「アンッアンッ。オマ×コのなかで、オチ×ポが跳ねているわ。こちらでの奉仕も気に入ってくれたのね」

直人の膝に跨ったメイド服姿の紗良が、悩ましい喘ぎ声をあげて淫らに尻を揺する。

食事中と違うのは、スカートの下で膣が肉棒を呑みこんでいることだ。

紗良は腰を振りながらはしたなくもテーブルに手を伸ばし、フルーツの盛り合わせから真っ赤なイチゴを一粒摘まむ。

そして口に放りこむと舌の上でレロレロと転がしてみせ、唾液まみれになった果実をムチュリと口移しで放りこんできた。

「ああ、甘酸っぱいキスを味わいながらのセックス……。お嬢様が僕のためにここまでしてくださるなんて、感激です」

つぶれた果肉を舌をからめてともに味わいつつ感謝の眼差しを向けると、紗良は照れくさそうに頬を染める。

「上に立つ者として、たまにはこうして奉仕する立場を経験するのも悪くないと思っただけよ。……もう、そんなに見つめないでちょうだい」

精液まみれになってしまったため取りかえたばかりの白手袋を塡めた手で、直人の視界をそっと塞ぐ。

そして美尻を上下に動かし、ぬめる膣で肉棒にじっくりと奉仕してゆく。

「先ほども勝手に腰を振ったでしょう。今日は私が奉仕する日なんだから、アナタは動いちゃダメよ」

「は、はい。お任せしますので……どうか気持ちよくしてください」

すべらかな手袋が顔に触れる感触にますます力が抜け、直人は完全に紗良へ身をゆだねる。

「ウフフ。上手におねだりできたわね。やはりアナタには、主人よりもペットのほうが似合っているわ。ほら、たっぷりとかわいがってあげる……」

目を覆っていた白手袋に包まれた手のひらが、サワサワと顔全体を撫でまわしはじめる。

魅惑の唇はチュッチュッと頬をついばみつつ移動し、耳の穴をペチャペチャと舐めはじめた。

淫靡な汁音が頭のなかに響き、理性は溶けて消え、快楽への渇望に脳が埋めつくされる。

射精をねだってもどかしげに揺れる肉棒に、ネットリとぬめった媚粘膜があやすようにヌメヌメとまつわりつく。

狭さは変わらぬままに経験を重ねてやわらかくほぐれた膣口にキュムッキュムッと揉み搾られて、直人はだらしなく顔をゆるませ、とろける愉悦に呑まれてゆく。

「舌まで垂らして、心地よさそうに喘いで……。私に弄ばれるのが、そんなにもうれしいの」

「はい……。お嬢様のおそばにお仕えさせていただいているだけで幸福なのに、こうして触れ合えるだなんて……。ああ、まるで夢のようです……」

暴走の果てに一度は離別を覚悟しただけに、こうして体を重ねるまでの関係になれたことに感謝しかなかった。

「フフ……。もう、私がいなくては生きていけないのね。主人として、アナタをここまで心酔させてしまった責任を取らなくてはね。今日はもうひとつプレゼントをしようかしら……。これからもずっと、私に仕える権利をあげるわ」

紗良はにんまりと満足げな笑みを浮かべると、両腕をしどけなく直人の首にまわし、ムチュリと口を深く塞ぐ。

そしてたっぷりと愛蜜の満たされた蜜壺が、キュムムッと肉棒を熱く抱擁した。

「ああっ。ありがとうございます、紗良お嬢様。うれしすぎて僕、また……出るぅ」

直人は至上の喜びに浸りながら、ブビュルルッと盛大に精液を噴きあげる。

「ンハアァッ。精液、アツいわっ。褒美をあげたのは私のほうなのに……イクッ。直人の精液にオマ×コを塗りつぶされて……イクウゥッ！」

紗良は蜜壺だけでなく全身で直人を抱きしめ、灼熱の放出を膣奥で受け止めてはビクッビクッと肢体を激しくわななかせる。

膣内射精の快感に酔いしれながら、濡れた舌はクネクネと直人の口内で踊りつづける。

今このひとときは互いの立場を忘れ、二人は溶け合って絶頂に溺れてゆくのだった……。


射精が止まっても、二人はネットリと舌をからめ合い、しばし性交の余韻を味わっていた。

やがて令嬢の唇がゆっくりと離れると、互いの舌にかかっていた淫靡な唾液のアーチがプツリと切れ、メイド服のエプロンに染みをひろげた。

「私からのプレゼント、ずいぶん喜んでもらえたようね。これは、私の誕生日にどんなお返しをしてもらえるのか、楽しみね」

「すべてを手にしている紗良お嬢様に、僕が差しあげられるものなど、あるのでしょうか……」

令嬢からの期待を重圧に感じて俯いたまま呟くと、紗良はゆっくりと腰を浮かせて膣内から肉棒を抜きとる。

スカートの下で太ももを残滓で汚しつつ、ゆっくりと膝の上から降りると、愛蜜と精液でドロドロになった陰茎を愉しげに指でピンとはじいた。

「あるでしょう。アナタにしかプレゼントできないものが……。私の誕生日には、あのこってりと濃厚なミルクをおなかいっぱいご馳走してもらおうかしら」

紗良がイタズラな微笑みを浮かべて耳もとで淫靡に囁く。

どうやら、すっかり精液の味をお気に召したらしい。

たしかにそれは直人にしか許されぬ役目であった。

「は、はいっ。誕生日と言わず、毎日でもご馳走させていただきます」

勢いこんでうなずく直人に、紗良はクスッと笑みをこぼす。

「まあ。毎日、主人の口にこの利かん棒を咥えさせるつもりかしら。私の高貴な唇が精液くさくなってしまったら、どうしてくれるのよ」

そうからかいながら、様々な体液でぬめる陰茎を、手袋が汚れるのもかまわずにヌルヌルと撫でまわす。

「いつ飲ませてもらうかは、主人である私が決めるわ。まずは、そうね……日付が変わって、私がメイドから主人に戻ってからかしら」

紗良は躾をするようにキュッと陰茎の根元を握りしめ、亀頭にチュッと口づけをする。

「今度は勝手に口のなかで暴れてはダメよ。メイドみたいに甘やかしてはあげないんだから。たっぷりとイジメて、一滴残らず搾り出してあげる。覚悟なさい」

上目遣いに見つめる紗良の瞳が牝豹《めひょう》のごとく妖しくきらめき、直人はゴクリと唾を飲む。

ただでさえ貪欲な令嬢に、とんでもない知識を与えてしまったのではないか。

ブルルッと背すじが震えるも、これからますます淫猥な日々が訪れるのだろうかと想像すると、陰茎はまたも期待にふくらむのだった。

第八章　身も心も

1

直人の誕生日を淫猥に祝ってからというもの、紗良の行動はますます過激になってきた。

性交による直接的な快楽を求めるだけでなく、煽情的な衣服を身にまとった姿を見せつけては、直人を淫靡にからかうようになった。

挑発的なふるまいは夜の寝室だけでなく、あらゆる時間に及んだ。

あるときはティータイムの中庭で、またあるときは外出中のリムジンで、絹手袋に包まれたたおやかな手がズボンの上から股間をこっそりと撫でさすってくる。

「うう、いけません、お嬢様。このような場所で……」

しかし体は正直に反応を示してしまい、結局は罰として肉棒の露出を強要され、いつしか令嬢が身についた淫らな舌遣いにより物陰で精液を搾り取られた。

「またこんなに濃いのをたっぷりと吐き出して……。私に手間を取らせた借りは、夜にベッドで返してもらうわよ」

白濁液に汚れた唇を絹のハンカチで隠した令嬢に耳もとで囁かれて、直人は困惑した顔でうなずくも、期待に胸がふくらんでしまうのだった。

そんな淫らながらも幸福な日々が、このままいつまでも続くのではないかと思えていたある日、紗良に一本の電話がかかってきた。

「ですから、見合いなんて必要ないと以前からお伝えしていたでしょう。私は結婚するつもりなんて……おばあさま……おばあさまったら。んもうっ」

紗良は不満そうに頬をふくらませ、ガチャンと受話器を置く。

「お嬢様、いかがなされたのですか」

直人が尋ねると、紗良ははぁっと大きな息を吐き、はしたなくもテーブルに突っ伏した。

「おばあさまってば、また勝手に見合いをセッティングしたというのよ。来週の日曜日ですって。しかも、相手は三十代だっていうじゃない。いったいいくつ年が離れていると思っているのよ」

さしものワガママ令嬢も、姫島家の当主であり、デザイナーとしても尊敬している祖母には頭が上がらないらしい。

ひどく疲れた様子の令嬢に、直人はレモングラスのハーブティーを淹《い》れてカップを差し出した。

「どうぞ。こちらをお召しあがりください」

「ええ。いただくわ。……ふう、おいしい。少し落ちついたわ。ありがとう」

以前までと異なり、紗良はふとしたタイミングで直人に礼を口にするようになった。

たったそれだけのことでジーンと胸が震え、麗しき令嬢にお仕えしていてよかったと、感動を噛みしめる。

「仕方がないわね。顔だけは合わせるとするわ。けれど、よりによって相手があの男だなんて……。以前にパーティー会場で私の身体を舐めまわすように見つめていたあの好色な目……ううっ。思い出すだけで寒気がするわ」

紗良は両肩を抱くとブルブルッと背すじを震わせ、はぁと再び憂鬱そうに溜息をついたのだった。

そして紗良の祖母が見合いをセッティングした、六月第二週の日曜日を迎えた。

この日、顔合わせ場所である六本木《ろっぽんぎ》にある高層ホテルの展望レストランに、紗良はあえてドレス姿ではなくカッチリとした赤いスーツに身を包んで現れた。

誰かの妻となるつもりはなく、働く女として独りで自立して生きてゆくという強い意思表示だった。

しかし見合い相手である、いかにもボンボン育ちといった雰囲気が滲み出た大手銀行頭取の子息は、そのあたりの機微にまるで気づくことがない。

ニタニタと好色な笑みを浮かべて、紗良のスーツ姿に頭から足の先まで不躾な視線を向けた。

「ほほう。スーツ姿もいいじゃないか。色っぽくてたまらんぞ。以前から目をつけていたとおりだ。さすがは俺様の、未来の妻だ」

その横柄なもの言いに、気位の高い令嬢は早くも額に青スジを浮かべる。

「誰がアナタの妻よ。冗談も、そのスケベまる出しの顔だけにしてちょうだい。おばあさまの顔を立てるために会ってはあげたけれど……不愉快だわ。時間の無駄だったわね。直人、帰るわよっ」

早くも紗良は席から立ちあがり、踵《きびす》を返そうとする。

すると甘やかされて育ってきたであろう見合い相手もまた、安いプライドを傷つけられて激昂する。

「な、なんだとっ。見た目だけはマシだが、ナマイキすぎてもらい手がないと噂の小娘を、この俺様がもらってやろうというのに、その言い草はなんだっ」

「フンッ。よけいなお世話よ。その手を放しなさい、汚らしい……いたいっ！」

男の手が乱暴に紗良の腕をつかむと、小さな悲鳴が漏れる。

その瞬間、主人の危機に直人ははじかれたように動いていた。

男の手首をつかむとギリッと力をこめる。

痛みに耐えかねて男が紗良を放すと、そのまま背中に向かって腕を捻りあげた。

「ぐあぁっ。な、なにをする。貴様、俺様を誰だと思っているんだ」

「貴方《あなた》こそ、紗良お嬢様をＨＩＭＥＪＩＭＡ会長の孫娘と知っての狼藉ですか。取引が破談となってお困りになるのは、御父上の銀行のほうではないかと愚考いたしますが」

直人は鋭い眼光で、脇に控えている老執事を見やる。

すっかり青ざめた顔をした老執事は、直人が男の手を放すと慌てて彼のもとに駆けより、馬鹿なまねをしでかした主をたしなめている。

「では、これで義理は果たしたわね。失礼するわ。もう二度と会うことはないでしょうね。ごきげんよう」

紗良はクルリと踵を返し、カッカッとハイヒールを鳴らして颯爽《さっそう》とレストランをあとにした。

直人も慇懃《いんぎん》に一礼すると、すぐさま紗良の背中を追いかけた。

エレベーターが地上に到着するまでのあいだ、密室には二人きりだった。

しばし無言の時間が続いたが、紗良が扉側を向いたまま、ポツリと呟いた。

「……先ほどは助かったわ。よくとっさに動けたわね」

「いえ、むしろあの男がお嬢様に触れる前に阻止するべきでした。いざというときのために、護身術を学んでいたというのに……。申し訳ございません」

大切な主人を守りきれなかった後悔に唇を嚙んでいると、紗良はクルリと振り返り、直人の頰にそっと唇を重ねた。

「お、お嬢様？」

「先ほどのお礼よ。……アナタ、本当はその気になったら、私をいつでもベッドに組み伏せられるんじゃないの？」

イタズラっぽい笑みを浮かべた令嬢が、上目遣いに直人の顔をのぞきこんで尋ねた。

「そのような大それたまね、できるはずがありません」

「ふうん……そう。……別に、してもいいのに……」

再び扉のほうを向いた令嬢の小さな呟きは、直人の耳に届くことはなかった。

2

屋敷に戻ったのは昼すぎであった。

改めて遅い昼食を済ませ、紗良は数人のメイドに自室へ来るよう命じると、直人には時間を置いてから部屋を訪ねるようにと指示した。

夜のお相手をする際の呼び出しは夕食後が多かっただけに、まだ明るいうちに来室を指示されるのは珍しい。

三十分ほど自室で落ちつかぬまま待機したあと、直人は主人の部屋を訪ね、扉をノックした。

「お嬢様、直人です」

「どうぞ、お入りなさい」

許可を得て、直人は扉を開き一礼する。

「失礼いたします。おお……」

直人は顔を上げ、目に飛びこんできた光景に思わず感嘆の声を漏らした。

紗良はなんと、その完璧なプロポーションを強調するような純白のウェディングドレスに身を包んでいた。

上半身は大きく肩を露出し、下半身はスカートが美尻にフィットした流麗なマーメイドラインを描いた、なんともセクシーなデザインのドレスだ。

しなやかな両腕は、光沢を放つロンググローブに肘上までピッチリと覆われている。

あまりの美しさに、しばし言葉を失い、見惚れていると、ほのかに頬を朱に染め、紗良が口を開いた。

「扉を閉めて、早く中に入りなさいな……。どうかしら、このドレスは」

「ああ、とてもお美しいです。それにしても、いったいどうなさったのですか、そのお姿は」

ストレートに賞賛の言葉を口にすると、常に自信満々の令嬢にしては珍しく、はにかんだ笑みを浮かべた。

「おばあさまが贈ってくださったのよ。私のためにデザインしたのですって。早くこれを着る相手を選べということかしら。そんなつもりはないと、何度も伝えているのに……」

困ったような表情を浮かべ、紗良が溜息をついた。

直人は紗良のドレス姿に心を奪われる一方で、いずれ手を触れることのできない存在になるのではないかと、急激に不安が襲ってきた。

気がつけば、背後から紗良の肢体をギュウッと抱きすくめていた。

「アンッ。どうしたのよ、突然。もしかして、ようやく私を力ずくで奪う気になったのかしら」

イタズラっぽく尋ねる紗良に、直人は真剣な顔でコクリとうなずく。

「はい……。お嬢様を、僕だけのものにしたいです。今日のような、あんな男には絶対にわたしたくない……」

口にすることで、はじめて自分がどれほどこの奔放な令嬢に惹かれていたか、ようやく自覚できた。

抱きしめる腕に力をこめると、紗良は抱擁から逃れようとはせず、ピトリと身を寄せてくる。

「その言葉をずっと待っていたわ……。でも、簡単に誰かのものになるような安い女ではないわよ。どうしても私がほしいなら、身も心も魅了してみせなさいな」

挑発的な微笑を浮かべて上目遣いでのぞきこんでくる令嬢に、直人も覚悟を決める。

顎に手をかけて美貌をクイと上向かせ、ムチュリと深く唇を奪った。

「わかりました……。必ず貴女を、僕に心まで酔わせてみせます。愛しているよ、紗良……」

熱い想いをこめてネットリと口内を舐めまわし、唾液を塗りこんで、自分の味に染めてゆく。

紗良は拒むことなく身体を預け、両腕を首にからめてしなだれかかる。

「ウフフ。お手並み拝見ね」

自らも淫靡に舌をからめて濃厚な接吻をうっとりと味わった令嬢は、強引に奪われるのを心待ちにしているかのように、期待で瞳を潤ませるのだった。

3

ウェディングドレスを脱ぎ、紗良は純白のロンググローブとガーターストッキングのみを身につけた、清楚さと淫猥さが同居したなんとも悩ましい姿になる。

「さすがにおばあさまからいただいた大切なドレスを、ドロドロにするわけにはいかないものね……。それで、胸でオチ×ポを挟めばいいのかしら」

そう尋ねる紗良に、ベッドの縁に腰かけた直人はいきり立った怒張を興奮でブルリと震わせ、大きくうなずく。

「はい。そのツンと悩ましく突き出て僕を挑発しつづける乳房で、チ×ポに奉仕をしていただきます。お嬢様ならきっと気に入りますよ」

おどおどした態度は胸にしまいこみ、あえて自信満々に告げる。

プライドをくすぐられた紗良は挑発に乗り、直人の前にひざまずく。

両手を乳房の脇に添えると、上半身を怒張に寄せてきた。

「私が奉仕で喜ぶはずがないでしょう。……アンッ。オチ×ポ、今日はすごくアツいわ。お乳がヤケドしそう。硬さもいつも以上で……ムワムワと卑猥なニオイが立ちのぼっていて、むせてしまいそうよ」

紗良は肉棒を乳房に挟んだ状態で、むせ返るほど濃密な牡臭に陶然と酔いしれている。

「ほら、手が止まっていますよ。両手を動かして、乳房を上下に揺すってください。この吸いつくような肌を擦りつけて、チ×ポを磨きあげるんです、スベスベの手袋で胸を撫でまわしながらね」

「お乳でオチ×ポを擦るだなんて、なんて破廉恥なの……。以前から、私のお乳を穢す機会を窺っていたんでしょう。いいわ。今日はアナタの望みをかなえてあげる。アンッ、アンッ……」

紗良は淫猥な命令に逆らうことなく、ウェディンググローブを塡めた両手ですくい持った乳房を上下に揺すり、しっとりと汗ばんだ乳肌を肉幹に擦りつける。

弾力に飛んだ美乳にムニムニと圧迫されて、たまらない快感が肉棒を包みこみ、直人は早くも快楽に喘いだ。

「くうっ。なんて圧迫感だ。まるでキツキツのオマ×コに挟みこまれているみたいだ……」

「ンッンッ……お乳まで性器に例えるだなんて、本当に失礼な男ね。アァ、でも、淫らな性器扱いされてお乳がアツくうずいているわ。両手で撫でまわしていると、ハァン、先っぽがはしたなくせり出してしまう……」

肉棒越しに直人の興奮が伝播したのか、プクッと乳輪がふくらみ、乳首がコリコリとしこりはじめた。

直人は勃起した乳首を摘まみあげると美乳を上下に揺さぶり、より強く乳肌で肉棒を擦らせる。

「ヒアァッ。乳首を摘まんではダメ。しびれるの……アンアンッ」

「ほら、手が止まっていますよ。ご奉仕なんですから、自分だけ気持ちよさそうに喘いでばかりいないで、しっかり僕を感じさせてくださいね」

あえて挑発的に告げると、負けん気に火がついたようだ。

紗良はジロリと直人を睨み、谷間の肉棒をギュウウッと圧迫して、激しく乳房を揺すりはじめた。

「くあぁっ。乳房にチ×ポがつぶされてるっ」

「アナタだってオチ×ポを苦しそうにビクビクさせているくせに、ナマイキよ。大好きなお乳でたくさんイジメてあげるわ」

悶える直人を見るのが愉しいのか、紗良は早くも奉仕のコツをつかみ、弾力に飛んだハリのある美乳で肉棒を押しつぶす。

もたらされる極上の快感に、尿道口からはひっきりなしに先走り汁があふれ、乳肌をテラテラと淫靡に濡らしてゆく。

「ハァン。カウパーがこぼれて、お乳がヌルヌルになってゆくわ。オチ×ポのすべりが増して、アッァッ、激しく擦れてる……」

「お嬢様、唾も垂らしてください。オマ×コのように乳房も濡れそぼらせて、精液を搾りぬいてほしいんです」

命令から懇願へと変わった直人の口調に、紗良は満足げな笑みを浮かべた。

口をもごつかせると、乳房の谷間へはしたなくも唾液をタラリと垂らす。

伸びあがるように上半身を大きく動かして、怒張を根元から先端までムニュッムニュッと責めたてる。

「ンアァッ。直人、私のお乳で感じているのね。オチ×ポのニオイが濃くなって、頭がクラクラしてきたわ……。穢れのないウェディンググローブで、お乳を撫でまわすのが気持ちいい……。硬いオチ×ポで擦られるのが、たまらないの」

紗良自身も乳房から生じる快感にすっかり夢中になり、自ら美乳を揉みたくっては怒張へ執拗に擦りつけてくる。

淫らな本性を剝き出しにして乳の奉仕で喘ぐ令嬢を、直人は射精欲求が高まってくるのを感じながら興奮の面持ちで見入る。

「あのプライドの高い紗良お嬢様が、奉仕の喜びに悶えている……。お嬢様の本当の素顔を知っているのは、僕だけなんだ」

「ハァン、そうよ。こんな顔を見せるのは、直人だけなの。アナタだけは、ワガママな私のすべてを受け入れてくれる……。だから直人の前では、姫島の娘という立場を脱ぎすてて、思いのままにふるまえるの」

幼きころから直人をからかい、弄んできたのは、そのひとときだけは姫島家の娘としての重圧から解放され、ただの少女に戻ることができたからなのだろう。

紗良の告白に胸が熱くなった直人は、こみあげる情熱をぶつけるべく、直人以外は知る者のいないとろけた美貌に照準を向ける。

「ああ、お嬢様、僕はこれからも貴女のすべてを受け止めます。だから僕の想いも受け入れてください……。イクッ。もう射精します。僕の精液でイッてくださいっ」

そして直人は愛しの令嬢めがけて、思いの丈を乗せた精液を思うさま浴びせかける。

紗良もまた、逃れようともせず自ら美貌を差し出して射精を受け止め、同時に美乳をグニィッときつく揉みつぶした。

「ハァアンッ。アツい……アツいわっ。イクッ、イッてしまうっ。直人の精液を浴びて……イクウゥッ」

乳房から生じた熱いしびれが精液にまみれる汚辱感と混じり合い、紗良は倒錯的な官能に呑みこまれて、ヒクヒクッと全身をわななかせる。

秘唇からはプシャッと愛蜜がしぶき、膣口がパクパクと淫らな開閉を繰り返した。

やがて大量の放出が終わると、紗良は乳房の谷間を両腕でグニッとさらに狭め、尿道に残った残滓もビュルルッと搾り出す。

すっかり美乳も面差しも真っ白になった令嬢は、清楚なロンググローブが汚れるのもかまわず、ヌチャヌチャと両手で精液を塗りたくりはじめた。

「アハァ……直人の精液、好きよ。こってりと濃厚で、いやらしくネバネバと糸を引いて、味わうと舌がとろける……。塗りたくれば、肌がオマ×コのようにいやらしくほてってしまうの……」

白濁汁にまみれながらも幸せそうに酔いしれている紗良を、直人もまた射精の余韻に浸り、うっとりと見つめる。

もっともっと愛を注ぎ、幸福で満たしてやりたい。

そんな願望が、胸にこみあげてくる。

「ううっ。精液まみれのお嬢様はとてもいやらしいです。もっともっと、汚してしまいたくなる……」

想いがあふれて止まらず、美乳の谷間で怒張が再び猛々しくいきり立つ。

「ンアァ……。こんなに私を汚したくせに、まだ満足できないのね。いいわ……もっと私を征服して。すべてを奪ってちょうだい」

紗良ははしたない蹲踞《そんきょ》のポーズを取ると、精液が大量に染みこんだウェディンググローブに覆われたしなやかな指で、クニィッと左右に秘唇を割り開く。

膣口からトロトロと愛蜜がこぼれ、媚肉は待ちきれないとばかりに期待でウネウネと蠢いている。

あまりに淫猥な懇願に、直人はゴクリと唾を飲む。

「わかりました……。今から紗良は、僕だけのものだ」

直人は令嬢の両膝の裏へ腕をまわすと、グイッと肢体を持ちあげる。

あれほど威圧感を感じ、大きく見えていた令嬢は、いざ抱えてみれば、驚くほどに華奢で軽かった。

駅弁スタイルのまま、膣にズブッと怒張を突き入れる。

膣奥深くまで貫かれて、紗良はガーターストッキングに彩られたつま先をピクピクとせつなげに震わせ、直人の首にしがみついて悶絶した。

「アヒィッ。太いぃっ。直人のオチ×ポに、身体の芯まで埋めつくされているわ……。私のすべてはもう、直人のものなのね」

あれだけプライドの高かった令嬢が、他人の所有物となることに背徳の興奮を覚えているのか、瞳を潤ませて悩ましい吐息を漏らす。

直人は半開きになった魅惑の唇をブチュリと奪うと、ダラダラと唾液を流しこんで、清楚な口も自分好みに染めてゆく。

「アァン。口のなかまでヌルヌルに……。お願い、舌も吸って。アナタの味でいっぱいにして……」

フルフルと震える濡れた舌をツイと差し出し、紗良が愛らしくせがむ。

パクリと咥えこみ、甘噛みを繰り返して、鋭敏な舌にしびれる快感を送りこんでやる。

同時に大きく腰を振るい、ズグッズグッと怒張で膣を突きあげる。

体重がかかっているため、肉棒はより深くまで蜜壺に埋まり、強烈な快感が女体を駆けめぐっているのだろうか、紗良は直人の首にぶら下がったまま、激しく身悶えている。

「アァ、奥に当たるっ。そんなにされたら、壊れてしまうわ」

「ですが、オマ×コは心地よさそうにチ×ポを抱きしめてくれていますよ。激しいのがお好きなのでしょう。まだまだ奥をイジメてあげますね」

直人はさらに力をこめて腰を振りたて、愛しき令嬢に己という存在を刻んでゆく。

快感の連続に紗良はされるがままとなり、力の抜けた肢体は抽送に合わせて何度も跳ねた。

「アンッアンッ。この私が、イジメられて感じてしまうだなんて……。アナタがこんなにも逞しいなんて、知らなかったわ。私を軽々と持ちあげて、アッアッ、何度も硬いものを突きこんで……ハアァンッ」

「いつでもお嬢様をお守りできるようにと、鍛えていたかいがありました。それに貴女を喜ばせるためだと思えば、自然と力が湧いてくるんです。気持ちのいい場所をたくさん抉《えぐ》ってあげますから、遠慮せずに好きなだけ感じてください」

これまでの奉仕で、直人は紗良の性感帯を隅々まで知りつくしていた。

膣の上壁に隠れているひときわ鋭敏な部位を、亀頭でゾリゾリと執拗になぞってやる。

あまりの快感に紗良はつややかな黒髪を振り乱して悶え、淫らな嬌声が口からこぼれて止まらなくなる。

「ヒアァッ。そこ、ダメェッ。私のすべてを、直人に知られてしまっているの。アナタの前ではもう、高貴な令嬢でいられなくなる。一人の情けない女になりはてて、幻滅されてしまう……」

気高き令嬢でありつづけなければ、直人の心が離れてしまうと思ったのだろうか。

紗良はビクッビクッと快感に肢体をわななかせながらも、キュッと懸命に直人へすがりついてくる。

抽送を続けたまま直人は紗良の唇を塞ぎ、不安を溶かすように口内をネットリと舐めまわしてやる。

「幻滅なんてしたりしません。気高くふるまうお姿も、心地よさそうに喘ぐ愛らしいお姿も、どちらも僕にとってはたまらなく魅力的な、大切な紗良お嬢様ですから……。さあ、もっと素顔をさらけ出して、喜ぶ姿を見せてください」

そして直人は、絶頂へ向けてさらに力強く腰を振るう。

ズグッズグッと蜜壺を深くまで穿たれて、紗良は乳房を弾ませ美脚を跳ねあげ、アンアンと甘い嬌声を響かせて激しく身悶える。

「アヒッアヒッ、ハアァンッ。オチ×ポ、気持ちいいわ。直人とのセックス、たまらないのよっ。本当はこうして、力強く抱かれるのを待ちわびていたの。でもアナタはいつもやさしすぎて、私を気遣ってばかりいるから……」

直人が一歩踏み出すのを、紗良もまた待っていたのだと聞かされて、大きな衝撃を受けた。

挑発的な行動も、素直になれない心の裏返しだったのかもしれない。

思えば二人の関係が大きく変化したのも、令嬢のあまりにも大胆な誘惑に屈して、暴走してしまったのがきっかけだった。

今までの関係を壊したくなくて臆病になっていた直人に、紗良はいつも殻を破る機会を与えてくれていたのだ。

胸を埋めつくす狂おしいほどの感激に、直人はブルブルと打ち震える。

そしてこれまでのときを埋めるかのように全力で腰を突きあげ、紗良を快楽で満たしてゆく。

「ああっ、お嬢様の気持ちに気づけぬ朴念仁で、申し訳ありません。もう二度と寂しい想いをさせないと誓いますっ。何度でも愛しつくしてみせますから、どうか幸せに満ちたお顔を僕に見せてくださいっ」

万感の思いをこめての抽送は、子宮を激しく震わせたようだ。

瞳を潤ませた令嬢は、とろけた顔を隠そうともせず直人の目をまっすぐに見つめ、己をさらけ出して素直に甘える。

「アァンッ。直人、出してっ。アナタのアツい精液で、私をイカせてぇっ。アナタだけには、どんな顔を見せてもかまわないわ。私のすべてを受け止めて……剝き出しにして愛してぇっ!」

魂の告白とともに、膣口がギュムムッと強烈に収縮し、二度と放さぬとばかりに肉棒を締めつけてくる。

強烈な快感に襲われたが、それでも抱えあげた肢体を決して落とすことなく仁王立ちし、直人は煮えたぎる白濁を愛しき令嬢へ盛大に注ぎこんだ。

「くうぅっ。イッてください、紗良お嬢様。僕もイキますから、ともにっ」

「ンアァッ、イク、イクわっ。直人といっしょに……イクウゥッ!」

ビュルビュルと噴きあがる精液に膣奥を焼かれ、紗良は仰け反って激しく身悶える。それでも直人の顔が視界から消えるのがイヤなのか、ウェディンググローブに包まれた両手で懸命にしがみつき、射精に酔いしれる青年の顔を熱く見つめる。

「ハァン、直人ったら、なんて幸せそうなの。喜んでもらえて、うれしい……。いつもワガママばかりで困らせてしまう私が、アナタにできるのはこのくらいしかないから……。どうか好きなだけ、私のナカで気持ちよくなってぇっ」

令嬢の想いがうれしくて、直人は両足をふんばり、何度も子宮に精液を注ぎつづける。

しかし全身が溶け出しそうな強烈な快感により、徐々に体の力が抜けてしまい、抱えあげたままでいるのが難しくなる。

直人は紗良をベッドまで運ぶと、仰向けに寝かせてやる。

そしてつながったまま上から覆いかぶさり、ズブッズブッと再び蜜壺に肉棒を突きこんでゆく。

「ハヒィッ。今は突いてはダメェッ。たくさんの精液を浴びて、アッアッ、オマ×コがまだイキつづけているのよ。こんな状態で責められたら、本当に壊れてしまうわ。イキっぱなしになってしまうのっ」

紗良はせつなげに肢体をくねらせ、かぶりを振って逃れようとするが、直人は離れるどころかさらにグイグイと密着する。

抽送とともにブチュブチュと接吻の雨を降らせ、令嬢の美貌に無数のキスマークを刻み、自分のものだと主張する。

さらには額も頬もベチャベチャと舐めあげて唾液まみれにし、ぬめる快楽に酔わせてやる。

「ンアァ、舐めまわさないで。アナタのヌルヌルにまみれると、おかしくなってしまうのよ。どんどんいやらしい自分が、顔を出してしまうの……」

「トロトロにとろけたお嬢様のお顔、とても愛らしいですよ。見つめているだけで、チ×ポが何度でも滾ってしまいます。もっといろんな顔を僕だけに見せてください」

せつなげにシーツをつかむ手を開かせ、ウェディンググローブに覆われた長くしなやかな指に、指をしっかりとからめる。

恋人どうしのごとく両手を握り合った状態で、ズン、ズンと膣奥に怒張を突きたて、愛を伝える。

いつしか紗良のほうからもキュッと手を握り返してきた。

テロンとしどけなく舌を垂らした紗良は、お返しとばかりにペチョペチョと直人の顔を舐めはじめる。

「アァン。さんざんアナタをケダモノ扱いしてきたのに、私もアナタを舌で愛してあげたくてたまらないわ。快楽に溺れ、汁にまみれて喜ぶ……それが私の本性なのね」

自嘲ぎみに呟く紗良の舌をからめとると、互いの唇を唾液まみれにして、貪るように淫らな接吻を交わす。

「お嬢様も僕と同じなのですね。ああ、うれしいです。今だけは、ともにケダモノになってください。溶け合って、ひとつになりましょう……」

二匹の獣はひとつに重なり、ひたすら腰を打ちつけ合って快楽に溺れてゆく。

やがて再び射精衝動が限界までふくれあがる。

「ああ、お嬢様、もう一度射精します。いちばん深くで、僕の想いを受け止めてください。愛しているよ、紗良！」

肉棒を根元まで蜜壺に埋めこみ、亀頭で子宮口をグリグリとこじ開けて狙いを定める。

しなやかな肢体を折れんばかりにきつく抱きしめると、何度放出しても勢いの衰えぬ精液を、子宮めがけてもう一度ドビュルルルッと注ぎこんだ。

「ンアァッ、イクッ、イクゥッ。オマ×コがイク、子宮がイクッ。直人の愛で満たされて、イクウゥッ！」

麗しき令嬢は甲高い嬌声を響かせ、愛欲に溺れてビクビクッと全身を激しく痙攣させた。

からめた指は布地越しでも爪が食いこむほど、直人の手を強く握りしめてきた。

長い美脚も、青年の腰にしっかりとからみつく。

そうして紗良は熱い射精を一滴残らず、女の最も大切な部分で受け止めた。

長い長い射精が終わると、直人は深い息を吐き、紗良の顔をのぞきこむ。

絶頂の連続に意識が焼ききれたか、令嬢はすっかり気を失っていた。

幸せそうな微笑みを浮かべて安らかな寝息を立てる想い人を、直人はやさしい眼差しで見つめ、ほつれた黒髪を手ですいてやる。

「紗良お嬢様……僕はこれからも貴女が求めてくれる限り、隣で仕えつづけることを誓います」

頬へ唇を重ねて誓いを立てると、さすがに疲労が限界に達したか、直人も強烈な眠気に襲われた。

ひとつになったまま瞳を閉じ、安らぎに身をゆだねてゆく。

こうして二人はこの日、主人と執事という関係を踏みこえ、強い絆《きずな》で結ばれたのだった……。

第九章　永遠の愛

1

六月末のとある休日。

紗良は直人を連れて、京都にある祖母の屋敷を訪ねていた。

紗良と彼女の祖母である姫島志乃は、応接間のソファに向かい合って腰を下ろし、しばし久々の再会を喜び合っていた。

直人は紗良の後ろに直立して控え、うれしそうな主人を笑顔で見つめていた。

志乃の顔を目にするのは、実に数年ぶりだ。

穏やかな微笑みが印象的な白髪の女性は、年輪こそ刻まれているものの、紗良によく似た顔立ちをしていた。

和装を品よく着こなす姿は、若いころはさぞ美しかったことだろうと想像に難くない。

しかし、ときおり見せる眼光の鋭さに、HIMEJIMAブランドを一代で築きあげた辣腕ぶりが垣間《かいま》見えるようで、直人は背すじが伸びる思いがした。

「いらっしゃい、紗良。お正月に挨拶に来て以来ね。先日は、不愉快な思いをさせてしまったようでごめんなさいね」

謝罪する志乃に、紗良は恐縮するそぶりもなく、頰を不満げにふくらませる。

「まったくよ。ただでさえ見合いだなんて迷惑なのに、あんなおかしな男を紹介するだなんて……」

天下のHIMEJIMAの会長にここまでストレートにもの申せるのは、溺愛されている孫娘の紗良だけであろう。

「先方のお父君とは古いつきあいで、どうしてもと紹介を頼まれたのだけれど、まさかそこまでダメ息子だとは思わなかったものだから……。困ったものね」

一方の志乃もまた、悪びれた様子もなくコロコロと笑い、孫娘の愚痴を受け止める。

暖簾《のれん》に腕押しの祖母に、紗良はハァと深いため息をつくと、改めてきっぱりと言い放つ。

「ともかく、私にはおばあさまの選んだパートナーなんて必要ないわ。選ぶとしたら、相手は自分で決めますから、ご心配なく」

紗良が胸を張って宣言すると、志乃はチラリと横目で直人の姿を見つめ、愉快そうに目を細めた。

「そう。わかったわ。よけいなお世話だったみたいね。紗良がいずれどんな男の子を紹介してくれるのか、楽しみにしているわね」

その言葉に、すべてを見すかされているような気がして、冷や汗をかく直人であった。


しばし歓談が続いたあと、紗良がトイレに向かい、席を立った。

応接間に二人きりとなると、志乃から直人へ声をかけてきた。

「直人さん、だったわね。まだ幼いあの子が貴方を執事にすると紹介してきたときにはずいぶんと驚いたものだけれど、今もあのワガママ娘の面倒を見てくれているのね。たくさん迷惑をかけたでしょう。ごめんなさいね」

「いいえ、決してそのようなことは……。紗良お嬢様にお仕えできて、光栄です」

本心からそう答えると、志乃は穏やかな微笑みを浮かべた。

そしてスッと立ちあがり、直人へ近づき、小声で尋ねた。

「ところで……あの子が選んだパートナーって、貴方なのでしょう?」

「うっ。い、いえ、僕は……」

図星を突かれて、思わず直人は口ごもった。

家柄も財産もない自分が紗良と親密な関係となったことを知られてしまえば、執事を続けられなくなるのではないか。

そんな不安がよぎり、胸が締めつけられる。

しかし志乃は、幼子をあやすようにポンポンと頭をやさしく撫でてくれた。

「心配しないで。仲を裂こうだなんて、思ってはいないわ。むしろ感謝しているのよ。貴方の支えのおかげで、あの子は見違えるように成長したもの」

「志乃様……」

思いもよらぬ言葉をかけられ、直人は驚いて志乃を見つめる。

「あの子に見合いを勧めていたのは、恋を知ることでひと皮剝けてほしかったからなの。ワガママ放題だったかつての私が、夫に出会って大きく変わったようにね」

イタズラっぽく笑う顔は、紗良にとてもよく似ていた。

「世間では私が夫を尻に敷いているイメージのようだけれど……本当は、あの人がいないとなにもできないのは私のほうなの。紗良も私によく似ているから、心配でつい、お節介を焼いていたのよ。でも、貴方がいるならもう安心よね」

期待のこもった言葉に、直人は力強くうなずき返す。

「はい。必ず紗良お嬢様を、しっかりと支えてみせます」

決意を胸に宣言した直人を、志乃は頼もしそうに見つめ、深くうなずいたのだった。

2

祖母への挨拶を終えた紗良は、直人を連れだって、宿泊先であるホテルの最上階に位置するスイートルームをチェックインした。

「ふう。これでおばあさまもわかってくれたはずね。わずらわしい会食に時間を取られることもなくなるわ」

紗良はポイポイと衣服を脱ぎちらかすと、ベッドへ勢いよく倒れこむ。

「お嬢様、はしたないですよ」

直人は苦笑しつつ主人をたしなめ、散らばった衣服を拾い集めて畳んでゆく。

「なによ、うるさいわね。直人ったら最近、ナマイキになってきたんじゃない。これは、オシオキが必要ね……ウフフッ」

紗良は妖しい微笑を浮かべると、ウキウキとした感じでトランクを開き、着がえを取り出した。

すでに何度も令嬢の裸体を目にしていたが、直人はマナーとして後ろを向き、瞳を閉じる。

シュルシュルと衣擦れの音だけが広い室内に響き、ドキドキと胸が高鳴る。

「直人、こちらを向きなさい」

やがて準備を終えた令嬢に促されて、ゆっくりと振り返る。

すると、なんとも煽情的な真紅のランジェリーを身につけた紗良が、恥じらうそぶりをいっさい見せずに堂々と自慢のプロポーションを披露していた。

ツンと突き出た美乳はシースルーのビスチェによって流麗なシルエットが強調され、長い美脚は妖艶な網タイツで彩られて溜息が出るほど悩ましい。

真紅のロンググローブで彩られた両手は頭の後ろで組まれ、丁寧に処理した無毛の腋を惜しげもなくさらしている。

さらに、下着のクロッチ部分には大きく穴が開いているため、本来隠すべき恥丘が秘唇までまる見えであった。

淫猥きわまりない下着姿を見せつけているイタズラな令嬢に、直人はたまらず前屈みになる。

「ああ、その下着は、以前スケッチブックにラフを描いていたあの……」

「ええ、そうよ。よく覚えていたわね。ようやく試作品が完成したから、アナタに最初に見せてあげようと思って。感想は……フフッ、聞くまでもないわね」

紗良は艶然と微笑むと、直人にピトリと寄りそい、ロンググローブに包まれた手のひらで大きくふくらんだ股間をサワサワと撫でさする。

「新ブランドのコンセプトは大成功のようね。どんな男も魅了してケダモノに変える、女を最も妖しく輝かせるランジェリー……。たまらなく刺激的で、素敵でしょう」

紗良は焦らすようにじっくりと衣服を脱がせる。

生殺しの状態に、直人はこみあげる興奮を懸命に堪える。

「美しいとは思いますが、あまりに過激すぎるのではないでしょうか。ＨＩＭＥＪＩＭＡの名に傷がつくと、責められるようなことになっては……」

「かまわないわ。王道のデザインでは、おばあさまにはとうていかなわないもの。私は私の道を往くの。たった一人のターゲットを、自分の魅力に心酔させる……その喜びを、世の女性たちにも知ってほしい。それが私の願いよ」

すべての衣服を脱がすと、紗良は直人の前にしゃがみこみ、逞しい勃起を下からうっとりと見あげる。

美貌を寄せて肉臭を陶然と嗅ぎ、すべらかな布地を擦りつけるかのように右手で竿を、左手で睾丸をフェザータッチで撫でまわす。

湧きあがる快感に、直人は直立したまま肉棒をブルンッと震わせ、亀頭の先端から早くも先走り汁を滴らせる。

「お嬢様が立ちあげたブランドのランジェリーを身につける女性たちは、必ずや秘めた想いが成就することでしょう。それほどに魅惑的で、心を奪われずにはいられないお姿に変身なされますから……」

「そのようね。アナタ自身がなによりの証拠だわ。こんなにもオチ×ポをガチガチに硬く、タマタマもたくさんの精液でずっしりと重くしているんだもの。男が女を求めずにはいられなくなるというのも、もうひとつのコンセプトなのよ」

紗良は自慢げに告げると、背後へ移動する。

右手で竿を扱き、左手で睾丸を揉みこみながら、なんと直人の尻穴に接吻をした。

「うはぁっ。い、いけません、お嬢様、そのような穢れたところを舐めるだなんて」

「アハッ。ずいぶんと恥ずかしそうね。これがオシオキよ。アナタのいちばん恥ずかしい部分を、かわいがってあげるわ……」

ネットリと濡れた舌が、淫靡に肛門を舐めあげ、舌先でくすぐってくる。

高貴な令嬢に最も穢れた部位を奉仕させている背徳感に、直人はブルブルッと腰を震わせる。

肉棒ははじけんばかりにいきり立ち、大量の先走り汁をあふれさせて、紗良のロンググローブをグチュグチュと卑猥に汚してゆく。

「ハァン。手袋がネトネトよ。今はまだこの世にひとつしかない、直人を誘惑するためだけのランジェリーに、たくさんのカウパーが染みこんでゆくわ」

「ううっ。汚してしまって申し訳ありません。ですが、興奮と感動で、あふれて止まらないのです。お嬢様がここまでしてくださるなんて……」

感動に打ち震える直人の尻に美貌を埋めたまま、紗良はうれしそうに微笑む。

「いいのよ。もっと私に夢中になりなさい。そしてカウパーよりも濃いドロドロで、私のランジェリーを汚しつくすのよ」

粘液が染みこみ、すべりを増した手袋が、ゴシュゴシュと激しく竿を扱きたて、モニュモニュと玉袋を淫靡に揉み転がす。

湧きあがるたまらない快感に、直人はたちまち絶頂への階段を駆けのぼる。

「くあぁっ。お嬢様、もうイキます。出るぅっ」

切羽つまった声を聞き、紗良は亀頭を右の手のひらで包みこんで蓋をする。

手のひらにドクドクと白濁液の塊を浴びせられる感触にピクピクと身悶えては、ムチュッムチュッと尻穴に熱烈な接吻を繰り返す。

「アハァンッ。精液、アツいわ。お尻の穴もこんなにヒクヒクと心地よさげに震えて……なんて愛らしいの。ほら、もっと愛してあげるから、たくさん出してちょうだい。アナタのためのランジェリーに、精液の匂いを染みつけて」

熱のこもった淫猥な奉仕に肉棒は何度も精液を噴きあげ、鮮やかな真紅のロンググローブを、令嬢が望むとおりに卑猥に変色させていった。

ようやく射精が鎮まると、直人は絶頂の余韻に浸り、深い息を吐く。

チラリと目線を向ければ、紗良は大きく舌を垂らして、ロンググローブにへばりついた白濁液をベロッベロッとうまそうに舐めあげていた。

「ハァン。今日の精液、いつも以上に濃くて、舌がとろけるわ。予想以上によい商品になりそうね」

長い指をはしたなくねぶりつつ満足げに呟く淫猥な令嬢の姿に、射精したばかりにもかかわらず、再び怒張が屹立する。

「ああ、お嬢様、一度出したくらいではこの興奮は鎮まりません。今度はその、隠すどころか大事な部分に穴を開けて誘っているオマ×コを味わわせていただきますね」

街が一望できる大きな窓に両手を突いて紗良を立たせると、背後からくびれた腰をしっかりとつかむ。

期待に濡れそぼる様子が、穴開き下着からまる見えになっている秘唇に、ズブズブッと怒張を勢いよく突きこんだ。

「アヒイィッ。射精したばかりなのにオチ×ポ、逞しすぎるのぉっ。アンッアンッ」

「このセクシーすぎるランジェリーのおかげですよ。こんな姿で誘惑されたら、男なら何度だって求めたくなってしまいます」

ズブズブと抽送を繰り返しながら、直人はグイグイと前に出る。

令嬢のしなやかな肢体は窓ガラスと青年の体軀にギュムッと挟まれ、押しつぶされた美乳がムニュリと淫猥にひしゃげる。

紗良は快感のあまりベロリと垂れた舌を窓に押しつけて唾液で汚し、アンアンと甘ったるい喘ぎ声を響かせる。

「ンアァ、そんなに迫ってこないで。つぶれてしまうわ。オチ×ポから逃げられない……オマ×コの奥まで埋めつくされるぅ」

「こうやって深くまで愛されたくて、ランジェリー姿で挑発してきたのでしょう。入れる前からヌルヌルになっていたオマ×コが、チ×ポに愛おしそうにからみついてきますよ」

耳朶を食《は》みつつ、蜜壺がいかに淫らに蠢いているかを言葉にして伝えてやる。

紗良は羞恥で美貌を真っ赤に染めるも、コクコクとうなずいて肯定する。

「アァン、そうよ。もっと激しく貫かれたいの。いやらしい私の姿に興奮して、ケダモノになってちょうだい。壊れるくらいに私を激しく貪ってぇ」

悩ましい懇願に、直人の興奮もさらにふくれあがる。

しゃにむに腰を振りたくり、ズンズンと膣奥を亀頭で突きあげる。

苛烈な抽送に、網タイツで彩られた美脚ははしたなくガニ股に開かれてガクガクとわななく。

圧倒的な性交の快感に紗良はすっかり翻弄され、ロンググローブに包まれた両手をペタペタと窓ガラスに這わせ、指先でせつなげにカリカリとかいた。

「もしかしたら、こうして紗良お嬢様が僕に抱かれている姿を、誰かが見あげているかもしれませんね」

直人の囁きに、紗良がビクンッと大きく反応した。

地上からは離れているため、実際に見とがめられることはないだろうが、蜜壺は背徳の興奮にキュキュッと悩ましく収縮し、ますます大量の愛蜜があふれた。

「ハァン……いいわ。見られてもいい。むしろ姫島紗良が誰のものなのか、見せつけてやるわ。アッアッ、直人、もっと突いて。私がアナタの女である証を注いでちょうだいっ」

気品をかなぐり捨てて欲望のままにねだる悩ましくも美しい令嬢に、直人の興奮も限界に達する。

さらにグイッと前に出て、紗良の肢体を押しつぶしすと、怒張を膣奥深くまでねじこみ、煮えたぎる白濁液を熱い想いとともに噴きあげた。

「ああっ、イクよ、紗良っ。貴女はもう、僕だけのものだっ」

紗良もまた狂おしい圧迫感と子宮を焼き尽くす灼熱の奔流に大きく身悶え、ビクビクッと全身をわななかせて絶頂に達する。

「ンハアァッ、イクッ、イクウゥッ。直人の精液でイクッ。愛される喜びで満たされて、イクウゥーッ!」

愛を知った令嬢は幸せそうに美貌をとろけさせ、子宮で精液を受け止めてゆく。

瞳の焦点をふわふわと揺らめかせ、唾液にぬめる舌をテロリと垂らして、絶頂にうっとりと呆けている。

甘ったるい喘ぎがこぼれるたびに、ヒクッヒクッと全身が心地よさげな痙攣を繰り返している。

直人は紗良のくびれた腰に両腕をまわしてギュウッと強く抱きすくめ、一滴残らず精液を蜜壺に注ぎこむ。

そしてつながったままベッドへ倒れこむと、満足げな深い息を吐いた。

紗良もしばし荒い呼吸を繰り返していたが、やがてのそのそと起きあがり、蜜壺から肉棒を引き抜く。

すっかり直人の形を覚えてひろがったままの秘唇からこぼれ出る残滓を、指ですくってはうまそうに舐めている。

「アハッ。二度目だというのに、すごい量ね。ンッ……おいしい。これで私のブランドが、方向性が間違っていないと証明されたわね」

紗良は甘えるように直人の胸板へすがりつき、ロンググローブを塡めた手のひらでペタペタと愛おしげに撫でまわしている。

乳首をチロチロと舐めあげられて、くすぐったいような快感を味わいながら、直人もコクリとうなずき返した。

「はい。次はどんな魅惑的なランジェリー姿で僕を興奮させてくれるのか、今から楽しみで仕方がないです」

期待のこもった視線を向けると、紗良はイタズラな微笑を浮かべ、しなやかな指先でキュッと直人の乳首を摘まんだ。

「ええ。任せておきなさい。これからもずっと、アナタの視線を釘づけにしてあげる。だから何度でも勃起して、私を精液で満たしつづけるのよ。いいわね？」

ワガママにそう命じて愉しげに笑う麗しの令嬢を、直人は眩しそうに見つめ、改めて永遠の愛を誓うのだった。

◎本作品の内容はフィクションであり、登場する個人名や団体名は実在のものとは一切関係ありません。

◉新人作品**大募集**◉

マドンナメイト編集部では、意欲あふれる新人作品を常時募集しております。採用された作品は、本人通知のうえ当文庫より出版されることになります。

【応募要項】未発表作品に限る。四〇〇字詰原稿用紙換算で三〇〇枚以上四〇〇枚以内。必ず梗概をお書き添えのうえ、名前・住所・電話番号を明記してお送り下さい。なお、採否にかかわらず原稿は返却いたしません。また、電話でのお問い合せはご遠慮下さい。

【送付先】〒一〇一‐八四〇五　東京都千代田区神田三崎町二‐一八‐一一　マドンナ社編集部　新人作品募集係

わがまま令嬢《れいじょう》の悪戯《いたずら》 僕《ぼく》は性《せい》のご奉仕係《ほうしがかり》

二〇二四年七月十日　初版発行

著者◉鷹羽シン【たかはね・しん】

発行◉マドンナ社

発売◉二見書房

東京都千代田区神田三崎町二‐一八‐一一
電話　〇三‐三五一五‐二三一一(代表)
郵便振替　〇〇一七〇‐四‐二六三九

印刷◉株式会社堀内印刷所　製本◉株式会社村上製本所　落丁・乱丁本はお取替えいたします。定価は、カバーに表示してあります。

ISBN978-4-576-24049-7◉Printed in Japan◉©S. Takahane 2024

Madonna Mate